大家文丛

有家可回

老舍 著
丰子恺 孙之儁 齐白石 画
零露 怀朴 编

大连出版社
DALIAN PUBLISHING HOUSE

© 零露 怀朴 2021

图书在版编目（CIP）数据

有家可回 / 老舍著；零露，怀朴编. — 大连：大连出版社，2021.3（2022.6重印）
（大家文丛）
ISBN 978-7-5505-1660-1

Ⅰ.①有… Ⅱ.①老… ②零… ③怀… Ⅲ.①散文集—中国—现代 Ⅳ.①I266

中国版本图书馆CIP数据核字(2021)第033735号

DAJIA WENCONG YOU JIA KE HUI
大家文丛·有家可回

出 版 人：	代剑萍
责任编辑：	卢 锋　金 琦
装帧设计：	罗可一
责任校对：	杨 琳
责任印制：	温天悦

出版发行者：大连出版社
　　地址：大连市高新园区亿阳路6号三丰大厦A座18层
　　邮编：116023
　　电话：0411-83620573 / 83620245
　　传真：0411-83610391
　　网址：http://www.dlmpm.com
　　邮箱：dlcbs@dlmpm.com
印刷者：河北浩润印刷有限公司
经销者：各地新华书店

幅面尺寸：145mm×210mm
印　　张：8.75
字　　数：152千字
出版时间：2021年3月第1版
印刷时间：2022年6月第2次印刷
书　　号：ISBN 978-7-5505-1660-1
定　　价：39.00元

版权所有　侵权必究
如有印装质量问题，请与印厂联系调换。电话：0317-5041227

出版说明

    本丛书选录了老舍于20世纪20年代至60年代间写作的部分作品，包括小说、散文、杂文等，编为5本，即《大发议论》《闹咱们的脾气》《有家可回》《最苦是人生》《深说外国人》。每篇文章的后面，均标注了文章最初发表的年份、报刊，或写作的年代。

    经过多方面考虑，丛书参照原文刊发时的版本，尽量忠实于原文，保持作品原汁原味的语言文字风格。例如，对"磁器"（今"瓷器"）、"洋磁"（今"洋瓷"）、"玩艺"（今"玩意"）、"叫劲"（今"较劲"）、"定婚"（今"订婚"）、"透澈"

（今"透彻"）等词语，都遵照老舍先生原文，没有按照今天的用法进行修改。

所选文章中，有个别字词可能会明显影响现在的读者对内容的理解，造成困惑，因此编者酌情进行了修改，例如"末一样"（意为"每一样"）、"模托儿"（意为"模特儿"）等，旨在使阅读更加顺畅。

对于原文中出现的一些异体字，我们按现代汉语规范进行了适当修改。对于"的""地""得"，原文中多用"的"，这也符合当时的情况，读者也能理解，我们基本不作改动。

对于原文中的标点符号，我们也是尽量不作改动。但对其中用法与今天差异特别大，同时改后又不影响原文意思和情感表达的地方，进行了少许改动。

大连出版社编辑部

2021年3月

编者的话

刚做老舍先生这套书的时候,是因为被他文字中顶可爱的北京所迷住。后来发现顶可爱的不仅是北京,还有济南、成都、伦敦、纽约。爱上这些地方,同时也认识了这些地方的风物和人情,之后便有了和老舍先生笔下的人们相知的机会,他们的所思、所想、所爱、所憎,都成了我们认识现代社会周遭的参照物。

老舍先生发表文章始于20世纪20年代前后,到今天已历百年。老舍,对于中国人,是北京的标签;而对于外国人,他又是中国的标签。这个"老字号"出众的地方在于,他不是文物，一百年间，他始终是活的，能在我们每一个人的生活中重现，与我们的心共鸣。

从2018年起，我们便开始着手对老舍先生文章进行梳理，直到2020年的今日，世界都翻了个儿，从日新月异的欣欣向荣到当前的乱局，我们也从安静恬适的欣赏到可以把生活中的现实与作品对号入座。老舍先生文章的力量也逐渐显现了出来。

老舍作品最突出的特点是幽默，而此次我们所编的这套丛书，试图向您呈现的却不止于此。在老舍先生众多的作品中，他的幽默既有"招笑"的白天，又有沉思的黑夜。前者是奉献给普罗大众的，后者则是留给他自己的挣扎。

有了先生给的那份幽默，苦便是百味人生中的寻常一味。任凭你是洋车夫、饭馆的老板，还是留洋的博士、大学教授，贫穷、孤独、病痛甚至战争，指不定哪碗苦水就会在前边等着你呢！生活是万难的！这是先生最有分量的人生经验，同时也是《最苦是人生》这本书的来历。读这书你虽笑不出，但却能在遇到糟心事时不必非哭。有了这份坚韧，再加上点幽默，时候长了，生活自然会露出甜美。

老舍先生曾在《我怎样写〈赵子曰〉》中说，自己是"五四"一代的旁观者。从这个角度分析，先生这话并非只是自谦。从先生的履历中查到，1924年到1929年，新文化运动如火如荼之时，他在英国任教，地理的限制和教师的身份，使他无法成为没落文化的直接破坏者。这也许就是他对腐朽文化的否定会带着些幽默色彩的原因吧。因此，与同期其他先锋作家相比，老舍先生的文章有一个非常突出的特点：对于人性中的坏，除了批判，他还会加上些诙谐的理解，让坏人坏得有理由。愚昧执拗的王老太太、媚洋的毛博士、穿戴风光却摆不平太太们的毛毛虫、笃信诚实的周文祥、诚爽怜爱年轻姑娘的老者刘兴仁、乐天走运的牛老者……这些可笑、可悲、可爱、可怜的小人物，展现了社会各阶层中国人的百态。

老舍先生曾讲，幽默的人只会悲观，因为他最后的领悟是人生的矛盾。这一点，我的很多"舍迷"朋友都注意到了。在一次和李六乙先生的交谈中，他讲道："老舍先生语言的魅力，并不只在于'使人们一看就笑起来'，而是会'永远不忘'，这才是上等的幽默。"

对于中国文化中那些旧有的顽疾，老舍先生既有唾弃的态度，同时又有着"笑骂，而又不赶尽杀绝"的心怀。老舍先生曾说："苦人的懒是努力而落了空的自然结果，苦人的耍刺儿含着一些公理。"这是老舍先生为祥子们的辩护，更是对当时社会制度不公的不满。这也正是《闹咱们的脾气》这本书的主张。

在中国的作家中，老舍先生是为数不多的平民出身而又留过洋的作家，这样的经历使他的作品对于普通读者来讲代入感很强。老舍先生有这样一段话："我颇有几位交情很好的外国朋友，他们可分为两派：一派是以为中国的一切都要不得。假若中国人还不赶快一律变成英国人或美国人，则中国在一眨眼的工夫就会灭亡。另一派恰恰是与此相反。他们以为只要中国还有一架钢琴，或还有一个穿西装的人，中国就永无半点希望。"他的这段话给了我们不小的策划灵感。眼下，国际交往日益增多，人们和外国人打交道的机会也多了起来，好看的西洋景和价值观的冲突不时地互换主次，所以，通过老舍先生的作品了解一百年前中国人在西方的处境，对于身处中西方文化交融中的我们是非常有意义的。《深说外国人》一书正是基于这种想法而诞生的。

审读老舍先生这套书的编辑们有一个共识，对于文学作品而言，特别是在百年之后，按照现代汉语用法进行修改不妥，搞不好就成了篡改。后来听朋友讲，老舍先生最痛恨编辑改他的文字，为此还放狠话。

话说在编辑《有家可回》的过程中有一个非常有意思的插曲。老舍先生文中用了很多分号，但按照现代汉语的习惯，这些地方大都应使用逗号，因此，编辑自然就改动了。一天，一位编辑拿来1931年先生发表在《齐大月刊》上的散文《一些印象》，文中竟然把分号捧成"那俊美的"，把强调语气的叹号描画成"那泪珠滚滚的"，这太有趣了！由此，大家再不敢在先生的文章上造次，当然，受牵连的还有"的地得"们，一下又回到了一百年前"白勺的"的时代。

为了编好这套文丛，动笔之前，我们先后对长期从事老舍作品研究的教授，人艺的编剧、导演，老舍先生的研究者以及他的旧友进行了走访。让我们记忆最深的是人艺的编剧梁秉堃先生，见面的地点是一家英式咖啡馆，是梁老选的。他跟我们讲的第一句话，带着浓浓的北京腔："舒先生的事儿，

我肯定得来！"让人听后，感觉千斤的重量落在了心上。接下来是梁老整整一个上午的"舒先生时光"，心下想，不把这套书做好，怎么和老先生交代呀！

提炼老舍先生的思想精髓是我们编这套书的初衷。制作的过程远比我们之前的想象困难得多，但由此得到的启发也不少。在编书的过程中，我们试图找到一些和先生同一时期的画家的画作，如果能同台呈现，对读者理解老舍先生的思想将会有很大帮助。为此，我们拜访了老舍先生的生前好友孙之儁先生的女儿孙燕华老师。孙老师听了我们对这套书的介绍后，立刻请秘书取来孙先生的画册，亲手将其交到我们的手上，并嘱咐我们，只要能把前辈们的精神传承下去，其他的都不必考虑。这份情谊至今让我们深受感召。

同样要感谢的还有丰子恺先生的画作。子恺先生以洞察生活，给生活赋予柔情和禅意见长。此次编排，我们试着将南派的子恺漫画与北派的老舍作品相融合。让南北文化牵手，会让很多人感觉鲁莽，搞不好就会生出"强扭的瓜"。为此，在长达一年多的尝试中，我们如履薄冰。冒险的旅途既艰苦又令人兴奋，在选图的过程中，我们不但没有感到南北文化的相互冒犯,反倒是共鸣、共情的感觉频频出现。这是我们作为编者的收获,也希望成为读者别样的阅读体验。

老舍先生的作品写的大多数是普通人的故事,写得那么有趣,为什么就没有在百姓中风靡过,而是仅仅止步于小众呢?是现代读者的眼睛不够上等,还是先生的幽默过于上等?读者和作品之间的鸿沟是否存在?如若存在,这是一个什么样的隔膜呢?我们又将如何去融合二者之间的关系呢?一百年前的作品能否被当代人接受?类似的担忧在我们编书的过程中时时萦绕,驱之不散。

记得在《马裤先生》一文的选取上,我们是非常犹豫的。那个对茶房吆三喝四的马裤先生,生活中不但有,很多时候还被当成笑料。再现丑陋,我觉得毫无意义,于是就从目录中删掉了这篇。一日,下午茶时,和远在纽约的女儿提到此事,没想到她回我一句:"勇者愤怒,抽刃向更强者;怯者愤怒,却抽刃向更弱者。"这是鲁迅先生在杂文《华盖集》中的话,一个留洋的年轻人能随口给出这样的注解,实在不能不让我兴奋。从女儿的口中挖到了《马裤先生》的现实意义,无疑也就找到了老舍文学与当代人的纽带。由此事看

来,"新人类"不但有上等的眼睛,而且他们还有上等的记忆和理解力。

自2019年年底暴发新冠疫情至今,短短数月间,世界的局势就翻转了数遍。外交、军事、经济、意识形态……哪里还有不变的地方呢?而更令人错愕的是,这些变化居然都在老舍先生的文章里发生过!"这种事老舍先生早写过!"这是审读这套丛书的编辑们最突出的感受。我们也因此相信,老舍作品的价值,并不是依托人的记忆力而存在的,他的不朽是通过超越时代的高远洞察力而实现的。

2003年,英国政府将一块蓝色的牌匾挂在了伦敦街道的一栋公寓上,上面写着"老舍,一位中国作家,1925年到1928年间曾在这里居住"。而能让伦敦记住,拥有蓝色牌匾的人物屈指可数。世界都不忘老舍,我们又怎能忘他!

零 露

2020年 岁末 于北京家中

目录

旅行 / 001

济南的秋 / 007

济南的冬 / 010

齐鲁大学 / 013

为春夜作诗 / 016

济南的药集 / 019

夏之一周间 / 023

耍猴儿 / 027

一天 / 032

当幽默变成油抹 / 040

真正的学校日刊 / 046

吃莲花的 / 048

写信 / 053

一九三四年计划 / 055

小病 / 058

哭白涤洲 / 063

小麻雀 / 067

神的游戏 / 072

暑中杂谈二则 / 076

写字 / 080

读书 / 085

落花生 / 091

又是一年芳草绿 / 095

小动物们 / 101

小动物们（鸽）续 / 109

我的暑假 / 119

钢笔与粉笔 / 121

歇夏（也可以叫作"放青"）/ 123

想北平 / 128

婆婆话 / 132

我的理想家庭 / 140

有了小孩以后 / 144

搬家 / 152

归自北平 / 156

这几个月的生活 / 160

文艺副产品——孩子们的事情 / 166

理想的文学月刊 / 175

小型的复活（自传之一章）/ 178

生日 / 185

独白 / 189

我呢？ / 191

家书一封 / 194

母鸡 / 196

四位先生 / 199

在乡下 / 206

话剧观众须知廿则 / 210

割盲肠记 / 213

多鼠斋杂谈 / 221

"住"的梦 / 239

北京的春节 / 244

养花 / 250

猫 / 253

勤俭持家 / 258

可喜的寂寞 / 261

旅行

黄脸人就这么不值钱吗!

老舍把早饭吃完了，还不知道到底吃的是什么；要不是老辛往他（老舍）脑袋上浇了半罐子凉水，也许他在饭厅里就又睡起觉来！老辛是外交家，衣裳穿得讲究，脸上刮得油汪汪的发亮，嘴里说着一半英国话，一半中国话，和音乐有同样的抑扬顿挫。外交家总是喜欢占点便宜的，老辛也是如此：吃面包的时候擦双份儿黄油，而且是不等别人动手，先擦好五块面包放在自己的碟子里。老方——是个候补科学家——的举动和老舍老辛又不同了：眼睛盯着老辛擦剩下的那一小块黄油，嘴里慢慢的嚼着一点面包皮，想着黄油的成分和制造法，设若黄油里的水分是一·〇七？设若搁上

〇·六七的盐?……他还没想完,老辛很轻巧的用刀尖把那块黄油又插走了。

吃完早饭,老舍主张先去睡个觉,然后再说别的。老辛老方全不赞成,逼着他去收拾东西,好赶九点四十五的火车。老舍没法,只好揉眼睛,把零七八碎的都放在小箱子里,而且把昨天买的三个苹果——本来是一个人一个——全偷偷的放在自己的袋子里,预备到没人的地方自家享受。

东西收拾好,会了旅馆的账,三个人跑到车站,买了票,上了车;真巧,刚上了车,车就开了。车一开,老舍手按着袋子里的苹果,又闭上眼了,老辛老方点着了烟卷儿,开始辩论:老辛本着外交家的眼光,说昨天不该住在巴兹[1],应该一气由伦敦到不离死兔[2],然后由不离死兔回到巴兹来;这么办,至少也省几个先令,而且叫人家看着有旅行的经验。老方呢,哼儿哈儿的支应着老辛,不错眼珠的看着手表,计算火车的速度。

火车到了不离死兔,两个人把老舍推醒,就手儿把老舍袋子里的苹果全掏出去。老辛拿去两个大的,把那个小的赏

---

1 巴兹:现英国城市巴斯(Bath)。
2 不离死兔:现英国城市布里斯托(Bristol)。

给老方；老方顿时站在站台上想起牛顿看苹果的故事来了。

出了车站，老辛打算先找好旅店，把东西放下，然后再去逛。老方主张先到大学里去看一位化学教授，然后再找旅馆。两个人全有充分的理由，谁也不肯让谁，老辛越说先去找旅馆好，老方越说非先去见化学教授不可。越说越说不到一块，越说越不贴题，结果，老辛把老方叫作"科学牛"，老方骂老辛是"外交狗"，骂完还是没办法，两个人一齐向老舍说：

"你说！该怎么办！？说！"

老舍打了个哈欠，揉了揉眼睛，擦了擦鼻子，有气无力的说："附近就有旅馆，拍拍脑袋算一个，找着哪个就算哪个。找着了旅馆，放下东西，老方就赶紧去看大学教授。看完大学教授赶快回来，咱们就一块去逛。老方没回来以前，老辛可以到街上转个圈子，我呢，来个小盹，你们看怎么样？"

老辛老方全笑了，老辛取消了老方的"科学牛"，老方也撤回了"外交狗"；并且一齐夸奖老舍真聪明，差不多有成"睡仙"的希望。

一拐过火车站，老方的眼睛快（因为戴着眼镜），看见一户人家的门上挂着："有屋子出租"，他没等和别人商量，一直走上前去。他还没走到那家的门口，一位没头发没牙的老太婆从窗子缝里把鼻子伸出多远，向他说："对不起！"

老方火儿啦！还没过去问她，怎么就拒绝呀！黄脸人就这么不值钱吗！老方向来不大爱生气的，也轻易不谈国事的；被老太婆这么一气，他可真恼啦！差不多非过去打她两个嘴巴才解气！老辛笑着过来了：

"老方打算省钱不行呀！人家老太婆不肯要你这黄脸鬼！还是听我的去找旅馆！"

老方没言语，看了老辛一眼；跟着老辛去找旅馆。老舍在后面随着，一步一个哈欠，恨不能躺在街上就睡！

找着了旅馆，价钱贵一点，可是收中国人就算不错。老辛放下小箱就出去了，老方雇了一辆汽车去上大学，老舍躺在屋里就睡。

老辛老方都回来了，把老舍推醒了，商议到哪里去玩。老辛打算先到海岸去，老方想先到查得去看古洞里的玉笋钟乳和别的与科学有关的东西。老舍没主意，还是一劲说困。

"你看，"老辛说："先到海岸去洗个澡，然后回来逛不离死兔附近的地方，逛完吃饭，吃完一睡——"

"对！"老舍听见这个"睡"字高兴多了。

"明天再到查得去不好么？"老辛接着说，眼睛一闭一闭的看着老方。

"海岸上有什么可看的！"老方发了言："一片沙子，一片水,一群姑娘露着腿逗弄人,还有什么?"

"古洞有什么可看,"老辛提出抗议:"一片石头,一群人在黑洞里鬼头鬼脑的乱撞!"

"洞里的石笋最小的还要四千年才能结成,你懂得什么——"

老辛没等老方说完,就插嘴:

"海岸上的姑娘最老的也不过二十五岁,你懂得什么——"

"古洞里可以看地层的——"

"海岸上可以吸新鲜空气——"

"古洞里可以——"

"海岸上可以——"

两个人越说越乱,谁也不听谁的,谁也听不见谁的。嚷了一阵,两个全向着老舍来了:

"你说,听你的!别再耽误工夫!"

老舍一看老辛的眼睛,心里说:要是不赞成上海岸,他非把我活埋了不可!又一看老方的神气:哼,不跟着他上古洞,今儿个晚上非叫他给解剖了不可!他揉了揉眼睛说:

"你们所争执的不过是时间先后的问题——"

"外交家所要争的就是'先后'!"老辛说。

"时间与空间——"

老舍没等老方把时间与空间的定义说出来,赶紧说:

"这么着,先到外面去看一看,有到海岸去的车呢,便先上海岸;有到查得的车呢,便先到古洞去。我没一定的主张,而且去不去不要紧;你们要是分头去也好,我一个人在这里睡一觉,比什么都平安!"

"你出来就为睡觉吗?"老辛问。

"睡多了于身体有害!"老方说。

"到底怎么办?"老舍问。

"出去看有车没有吧!"老辛拿定了主意。

"是火车还是汽车?"老方问。

"不拘。"老舍回答。

三个人先到了火车站,到海岸的车刚开走了,还有两次车,可都是下午四点以后的。于是又跑到汽车站,到查得的汽车票全卖完了,有一家还有几张票,一看是三个中国人,成心不卖给他们。

"怎么办?"老方问。

老辛没言语。

"回去睡觉哇!"老舍笑了。

原载1929年3月《留英学报》第三期

济南的秋

它们终年在那儿吻着水皮,做着绿色的香梦

　　济南的秋天是诗境的。设若你的幻想中有个中古的老城,有睡着了的大城楼,有狭窄的古石路,有宽厚的石城墙,环城流着一道清溪,倒映着山影,岸上蹲着红袍绿裤的小妞儿。你的幻想中要是这么个境界,那便是济南。设若你幻想不出——许多人是不会幻想的——请到济南来看看吧。

　　请你在秋天来。那城,那河,那古路,那山影,是终年给你预备着的。可是,加上济南的秋色,济南由古朴的画境转入静美的诗境中了。这个诗意的秋光秋色是济南独有的。上帝把夏天的艺术赐给瑞士,把春天的赐给西湖,秋和冬的全赐给了济南。秋和冬是不好分开的,秋睡熟了一点便是冬,上帝不愿意把它忽然唤醒,所以作个整人情,连秋带冬全给了济南。

诗的境界中必须有山有水。那么，请看济南吧。那颜色不同，方向不同，高矮不同的山，在秋色中便越发的不同了。以颜色说吧，山腰中的松树是青黑的，加上秋阳的斜射，那片青黑便多出些比灰色深，比黑色浅的颜色，把旁边的黄草盖成一层灰中透黄的阴影。山脚是镶着各色条子的，一层层的，有的黄，有的灰，有的绿，有的似乎是藕荷色。山顶上的色也随着太阳的转移而不同。山顶的颜色不同还不重要，山腰中的颜色不同才真叫人想作几句诗。山腰中的颜色是永远在那儿变动，特别是在秋天，那阳光能够忽然清凉一会儿，忽然又温暖一会儿，这个变动并不激烈，可是山上的颜色觉得出这个变化，而立刻随着变换。忽然黄色更真了一些，忽然又暗了一些，忽然像有层看不见的薄雾在那儿流动，忽然像有股细风替"自然"调和着彩色，轻轻的抹上一层各色俱全而全是淡美的色道儿。有这样的山，再配上那蓝的天，晴暖的阳光；蓝得像要由蓝变绿了，可又没完全绿了；晴暖得要发燥了，可是有点凉风，正和诗一样的温柔；这便是济南的秋。况且因为颜色的不同，那山的高低也更显然了。高的更高了些，低的更低了些，山的棱角曲线在晴空中更真了，更分明了，更瘦硬了。看山顶上那个塔！

再看水。以量说，以质说，以形式说，哪儿的水能比济南?有泉——到处是泉——有河,有湖,这是由形式上分。不管是泉是河是湖,全是那么清,全是那么甜,哎呀,济南是"自然"的sweet heart吧?大明湖夏日的莲花,城河的绿柳,自然是美好的了。可是看水,是要看秋水的。济南有秋山,又有秋水,这个秋才算个秋,因为秋神是在济南住家的。先不用说别的,只说水中的绿藻吧。那份儿绿色,除了上帝心中的绿色,恐怕没有别的东西能比拟的。这种鲜绿全借着水的清澄显露出来,好像美人借着镜子鉴赏自己的美。是的,这些绿藻是自己享受那水的甜美呢,不是为谁看的。它们知道它们那点绿的心事,它们终年在那儿吻着水皮,做着绿色的香梦。淘气的鸭子,用黄金的脚掌碰它们一两下。浣女的影,吻它们的绿叶一两下。只有这个,是它们的香甜的烦恼。羡慕死诗人呀!

在秋天,水和蓝天一样的清凉。天上微微有些白云,水上微微有些波皱。天水之间,全是清明,温暖的空气,带着一点桂花的香味。山影也更真了。秋山秋水虚幻的吻着。山儿不动,水儿微响。那中古的老城,带着这片秋色秋声,是济南,是诗。

题目为编者加。选自散文《一些印象》,
原载1931年3月《齐大月刊》第一卷第五期

济南的冬

山东人是百灵鸟的崇拜者

　　对于一个在北平住惯的人，像我，冬天要是不刮大风，便是奇迹；济南的冬天是没有风声的。对于一个刚由伦敦回来的，像我，冬天要能看得见日光，便是怪事；济南的冬天是响晴的。自然，在热带的地方，日光是永远那么毒，响亮的天气反有点叫人害怕。可是，在北中国的冬天，而能有温晴的天气，济南真得算个宝地。

　　设若单单是有阳光，那也算不了出奇。请闭上眼想：一个老城，有山有水，全在蓝天下很暖和安适的睡着；只等春风来把他们唤醒，这是不是个理想的境界？

　　小山整把济南围了个圈儿，只有北边缺着点口，这一圈儿小山在冬天特别可爱,好像是把济南放在一个小摇篮里,它们全安静不动的低声的说:你们放心吧,这儿准保暖和。真的,济南的人们在冬天是面上含笑的。他们一看那些小山,心中便觉得有了着落,有了依靠。他们由天上看到山上,便不觉的想起:明天也许就是春天了吧?这样的温暖,今天夜里山草也许就绿起来吧?就是这点幻想不能一时实现,他们也并不着急,因为有这样慈善的冬天,干啥还希望别的呢。

最妙的是下点小雪呀。看吧,山上的矮松越发的青黑,树尖上顶着一髻儿白花,像些小日本看护妇。山尖全白了,给蓝天镶上一道银边。山坡上有的地方雪厚点,有的地方草色还露着,这样,一道白,一道暗黄,给山们穿上一件带水纹的花衣;看着看着,这件花衣好像被风儿吹动,叫你希望看见一点更美的山的肌肤。等到快日落的时候,微黄的阳光斜射在山腰上,那点薄雪好像忽然害了羞,微微露出点粉色。就是下小雪吧,济南是受不住大雪的,那些小山太秀气。

古老的济南,城内那么狭窄,城外又那么宽敞,山坡上卧着些小村庄,小村庄的房顶上卧着点雪,对,这是张小水墨画,或者是唐代的名手画的吧。

那水呢,不但不结冰,反倒在绿藻上冒着点热气。水藻

真绿,把终年贮蓄的绿色全拿出来了。天儿越晴,水藻越绿,就凭这些绿的精神,水也不忍得冻上;况且那长枝的垂柳还要在水里照个影呢。看吧,由澄清的河水慢慢往上看吧,空中,半空中,天上,自上而下全是那么清亮,那么蓝汪汪的,整个的是块空灵的蓝水晶。这块水晶里,包着红屋顶,黄草山,像地毯上的小团花的小灰色树影;这就是冬天的济南。

树虽然没有叶,鸟可并不偷懒,看在日光下张着翅叫的百灵们。山东人是百灵鸟的崇拜者,济南是百灵的国。家家处处听得到它们的歌唱;自然,小黄鸟也不少,而且在百灵国内也很努力的唱。还有山喜鹊呢,成群的在树上啼,扯着浅蓝的尾巴飞。树上虽没有叶,有这些羽翎装饰着,也倒有点像西洋美女。坐在河岸上,看着它们在空中飞,听着溪水活活的流,要睡了,这是有催眠力的;不信你就试试;睡吧,决冻不着你。

要知后事如何,我自己也不知道。

题目为编者加。选自散文《一些印象》,原载1931年4月《齐大月刊》第一卷第六期

齐鲁大学

小蓝蝶醒了，懒懒的飞，似乎是作着梦飞呢

到了齐大，暑假还未曾完。除了太阳要落的时候，校园里轻易不见一个人影。那几条白石凳，上面有枫树给张着伞，便成了我的临时书房。手里拿着本书，并不见得念；念地上的树影，比读书还有趣。我看着：细碎的绿影，夹着些小黄圈儿，不一定都是圆的，叶稀的地方，光也有时候透出七棱八角的一小块。小黑驴似的蚂蚁，单喜欢在这些光圈儿上慌手忙脚的来往过。那边的白石凳上，也印着细碎的绿影，还落着个小蓝蝴蝶，抿着翅，好像要睡。一点风儿，把绿影吹醉，散乱起来；小蓝蝶醒了，懒懒的飞，似乎是作着梦飞呢；飞了不远，落下了，抱住黄蜀菊的蕊。看着，老大半天，小

蝶又飞了，来了个楞头磕脑的马蜂。

真静。往南看，千佛山懒懒的倚着一些白云，一声不出。往北看，围子墙根有时过一两个小驴，微微有点铃声。往东西看，只看见楼墙上的爬山虎，叶微动，像竖起的两面绿浪。往下看，四下都是绿草。往上看，看见几个红的楼尖。全不动。绿的，红的，上上下下的，像一张画，颜色固定，可是越看越好看。只有办公处的大钟的针，偷偷的移动，好似唯恐怕叫光阴知道似的，那么偷偷的动。从树隙里偶尔看见一个小女孩，花衣裳特别花哨，突然把这一片静的景物全刺激了一下；花也更红，叶也更绿了似的；好像她的花衣裳要带这一群颜色跳舞起来。小女孩看不见了，又安静起来。槐树上轻轻落下个豆瓣绿的小虫，在空中悬着，其余的全不动了。

园中就是缺少一点水呀！连小麻雀也似乎很关心这个，时常用小眼睛往四下找；假如园中，就是有一道小溪吧，那要多么出色。溪里再有些各色的鱼，有些荷花！哪怕是有个喷水池呢，水声，和着枫叶的轻响，在石台上睡一刻钟，要作出什么有声有色有香味的梦！花木够了，只缺一点水。

短松墙觉得有点死板，好在发着一些松香；若是上面绕着些密罗松，开着些血红的小花，也许能减少一些死板气。园外的几行洋槐很体面，似乎缺少一些小白石凳。可是继而一想，没有石凳也好，校园的全景，就妙在只有花木，没有多少人工作的点缀，砖砌的花池咧，绿竹篱咧，全没有；这样，没有人的时候，才真像没有人，连一点人工经营的痕迹也看不出；换句话说，这才不俗气。

啊，又快到夏天了！把去年的光景又想起来；也许是盼望快放暑假吧。快放暑假吧！把这个整个的校园，还交给蜂蝶与我吧！太自私了，谁说不是！可是我能念着树影，给诸位作首不十分好，也还说得过去的诗呢。

学校南边那块瓜地，想起来叫人口中出甜水；但是懒得动；在石凳上等着吧，等太阳落了，再去买几个瓜吧。自然，这还是去年的话；今年那块地还种瓜吗？管他种瓜还是种豆呢，反正白石凳还在那里，爬山虎也又绿起来；只等玫瑰开呀！玫瑰开，吃粽子，下雨，晴天，枫树底下，白石凳上，小蓝蝴蝶，绿槐树虫，哈，梦！再温习温习那个梦吧。

题目为编者加，选自散文《一些印象》，
原载1931年5月《齐大月刊》第一卷第七期

为春夜作诗

东风似梦微添醉，小月知心只照愁

有诗为证，对，印象是要有诗为证的；不然，那印象必是多少带点土气的。我想写"春夜"，多么美的题目！想起这个题目，我自然的想作诗了。可是，不是个诗人，怎办呢；这似乎要"抓瞎"——用个毫无诗味的词。新诗吧？太难；脑中虽有几堆"呀，噢，唉，喽"和那俊美的"；"，和那珠泪滚滚的"！"。但是，没有别的玩艺，怎能把这些宝贝缀上去呢？此路不通！旧诗？又太死板，而且至少有十几年没动那些七庚八葱的东西了；不免出丑。

到底硬联成一首七律，一首不及六十分的七律；心中已高兴非常，有胜于无，好歹不论，正合我的基本哲学。好，再作七首，共合八首；即便没一首"通"的吧，"量"也足惊人不是？中国地大物博，一人能写八首春夜，呀！

唉！湿膝病又犯了，两膝僵肿，精神不振，终日茫然，饭且不思，何暇作诗，只有大喊拉倒，予无能为矣！只凑了三首，再也凑不出。

想另作一篇散文吧，又到了交稿子的时候；况且精神不好，其影响于诗与散文一也；散了吧，好歹把那三首送进去，爱要不要；我就是这个主意！反正无论怎说，我是有诗为证：

（一）

多少春光轻易去？无言花鸟夜如秋。

东风似梦微添醉，小月知心只照愁！

柳样诗思情入影，火般桃色艳成羞。

谁家玉笛三更后？山倚疏星人倚楼。

（二）

一片闲情诗境里，柳风淡淡柝声凉。

山腰月少青松黑，篱畔光多玉李黄。

心静渐知春似海，花深每觉影生香。

何时买得田千顷，遍种梧桐与海棠！

（三）

且莫贪眠减却狂，春宵月色不平常！
碧桃几树开蝴蝶，紫燕联肩梦海棠。
花比诗多怜夜短，柳如人瘦为情长。
年来潦倒漂萍似，惯与东风道暖凉。

得看这三大首！五十年之后，准保有许多人给作注解——好诗是不需注解的。我的评注者，一定说我是资本家，或是穷而倾向资本主义者，因为在第二首里，有"何时买得田千顷"之语。好，我先自己作点注吧：我的意思是买山地呀，不是买一千顷良田，全种上花木，而叫农民饿死，不是。比如千佛山两旁的秃山，要全种上海棠，那要多么美，这才是我的梦想。这不怨我说话不清，是律诗自身的别扭；一句非七个字不可，我怎能忽然来句八个九个字的呢？

题目为编者加。选自散文《一些印象》，
原载1931年6月《齐大月刊》第一卷第八期

济南的药集

万一真病了,有的是现成的马蜂窝……

今年的药集是从四月廿五日起,一共开半个月——有人说今年只开三天,中国事向来是没准儿的。地点在南券门街与三和街。这两条街是在南关里,北口在正觉寺街,南头顶着南围子墙。

喝!药真多!越因为我不认识它们越显着多!

每逢我到大药房去,我总以为各种瓶子中的黄水全是硫酸,白的全是蒸馏水,因为我的化学知识只限于此。但是药房的小瓶小罐上都有标签,并不难于检认;假若我害头疼,而药房的人给我硫酸喝,我决不会答应他的。到了药集,可是真没有法了!一捆一捆,一袋一袋,一包一包,全是药材,

全没有标签！而且买主只问价钱，不问名称，似乎他们都心有成"药"；我在一旁参观，只觉得腿酸，一点知识也得不到！

但是，我自有办法。桔皮，干向日葵，竹叶，荷梗，益母草，我都认得；那些不认识的粗草细草长草短草呢？好吧，长的都算柴胡，短的都算——什么也行吧。看那柴胡，有多少种呀；心中痛快多了！

关于动物的，我也认识几样：马蜂窝，整个的干龟，蝉蜕，僵蚕，还有椿蹦儿。这每一样的药名和拉丁名，我全不知道，只晓得这是椿树上的飞虫，鲜红的翅，翅上有花点，很好玩，北平人管它们叫椿蹦儿；它们能治什么病呢？还看见了羚羊，原来是一串黑亮的小球；为什么羚羊应当是小黑球呢？也许有人知道。还有两对狗爪似的东西，莫非是熊掌？犀角没有看见，狗宝，牛黄也不知是什么样子，设若牛黄应像老倭瓜，我确是看见了好几个貌似干倭瓜的东西。最失望的是没有看见人中黄，莫非药铺的人自己能供给，所以集上无须发售吧？也许是用锦匣装着，没能看到？

矿物不多，石膏，大白，是我认识的；有些大块的红石头便不晓得是什么了。

草药在地上放着，熟药多在桌上摆着。万应锭，狗皮膏之类，看看倒还漂亮。

　　此外还有非药性的东西，如草纸与东昌纸等；还有可作药用也可作食品的东西，如山楂片、核桃、酸枣、莲子、薏仁米等。大概那些不识药性的游人，都是为买这些东西来的。价钱确是便宜。

　　我很爱这个集：第一，我觉得这里全是国货；只有人参使我怀疑有洋参的可能，那些种柴胡和那些马蜂窝看着十二分道地，决不会是舶来品。第二，卖药的人们非常安静，一点不吵不闹；也非常的和蔼，虽然要价有点虚谎，可是还价多少总不出恶声。第三，我觉得到底中国药（应简称为"国药"）比西洋药好，因为"国药"吃下去不管治病与否，至少能帮助人们增长抵抗力。这怎么讲呢？看，桔皮上有多么厚的黑泥，柴胡们带着多少沙土与马粪；这些附带的黑泥与马粪，吃下去一定会起一种作用，使胃中多一些以毒攻毒的东西。假如桔皮没有什么力量，这附带的东西还能补充一些。西洋药没有这些附带品，自然也不会发生附带的效力。哪位医生敢说对下药有十二分的把握么？假如药不对症，而药品又没有附带物，岂不是大大的危险！"国药"全有附带物，谁敢说大多数的病不是被附带物治好的呢？第四，到底是中国，处处事事带着古风：咱们的祖先遍尝百草，到如今咱们依旧

是这样，大概再过一万八千年咱们还是这样。我虽然不主张复古，可是热烈的想保存古风的自大有人在，我不能不替他们欣喜。第五，从今年夏天起，我一定见着马蜂窝，大蝎子，烂树叶，就收藏起来；人有旦夕祸福，谁知道什么时候生病呢！万一真病了，有的是现成的马蜂窝等，挑选一个吃下去，治病是其一，没人说你是共产党是其二。

逛完了集，出了巷口，看见一大车牛马皮，带着毛还没制成革，不知是否也是药材。

原载1932年6月11日《华年》第一卷第九期

夏之一周间

屋内的蚊子还没都被烤死呢，我放心了

我与学界的人们一同分润寒假暑假的"寒"与"暑"，"假"字与我老不发生关系似的。寒与暑并不因此而特别的留点情；可是，一想及拉车的，当巡警的，卖苦力气的，我还抱怨什么？而且假期到底是假期，晚起个三两分钟到底不会耽误了上堂；暂时不作铜铃的奴隶也总得算偌大的自由！况且没有粉笔面子的"双"薰——对不起，一对鼻孔总是一齐吸气，还没练成"单吸"的工夫，虽然作了不少年的教员。

整理已讲过的讲义，预备下学期的新教材，这把"念读写作，四者缺一不可"的工夫已作足。此外，还要写小说呢。教员兼写家，或写家兼教员，无论怎样排列吧，这是最时行

的事。单干哪一行也不够养家的，况且我还养着一只小猫！幸而教员兼车夫，或写家兼屠户，还没大行开，这在像中国这么文明的国家里，还不该念佛？

闹钟的铃自一放学就停止了工作，可是没在六点后起来过，小说的人物总是在天亮左右便在脑中开了战事；设若不乘着打得正欢的时候把他们捉住，这一天，也许是两三天，不用打算顺当的调动他们，不管你吸多少枝香烟，他们总是在面前耍鬼脸，及至你一伸手，他们全跑得连个影也看不见。早起的鸟捉住虫儿，写小说的也如此。

这决不是说早起可以少出一点汗。在济南的初伏以前而打算不出汗，除非离开济南。早晨，响午，晚间，夜里，毛孔永远川流不息：只要你一眨巴眼，或叫声"球"——那只小猫——得，遍体生津。早起决不为少出汗，而是为拿起笔来把汗吓回去。出汗的工作是人人怕的，连汗的本身也怕。一边写，一边流汗；越流汗越写得起劲；汗知道你是与它拼个你死我活，它便不流了。这个道理或者可以从《易经》里找出来，但是我还没有工夫去检查。

自六点至九点，也许写成五百字，也许写成三千字，假如没有客人来的话。五百字也好，三千字也好，早晨的工作算是结束了。值得一说的是：写五百字比写三千的时候要多吸至少七八枝香烟,吸烟能助文思不永远灵验,是不是还应当多给文曲星烧股高香?

九点以后,写信——写信!老得写信!希望邮差再大罢工一年!——浇浇院中的草花,和小猫在地上滚一回,然后读欧·亨利。这一闹哄就快十二点了。吃午饭;也许只是闻一闻;夏天闻闻菜饭便可以饱了的。饭后,睡大觉,这一觉非遇见非常的事件是不能醒的。打大雷,邻居小夫妇吵架,把水缸从墙头儿掷过来……只是不希望地震,虽然它准是最有效的。醒了,该弄讲义了,多少不拘,天天总弄出一点来。六点,又吃饭。饭后,到齐大的花园去走半点钟,这是一天中挺直脊骨的特许期间,廿四点钟内挺两刻钟的脊骨好像有什么卫生神术在其中似的,不过,挺着胸膛走到底是壮观的;究竟挺直了没有自然是另一问题,未便深究。

挺背运动完毕,回家。屋子里比烤面包的炉子的热度高着多少?无从知道,因为没有寒暑表。屋内的蚊子还没都被烤死呢,我放心了。洗个澡,在院中坐一会儿,听着街上卖汽水,冰激凌的吆喝。心静自然凉,我永远不喝汽水,不吃冰激凌;香片茶是我一年到头的唯一饮料,多喳香片茶是由外洋贩来我便不喝了。九点钟前后就去睡,不管多热,我永远的躺下——有时还没有十分躺好——便能入梦。身体弱多睡觉,是我的格言。一气睡到天明,又该起来拿笔吓走汗了。

过去的一周就是这么过去的;没读过一张报纸,不作亡国的事的,与作亡国的事的,或者都不大爱读新闻纸;我是哪一等人呢?良心上分吧。

原载1932年9月1日《现代》第一卷第五期

耍猴儿

张大娘默祷快来光腿的姑娘以恢复信用

去年的"华北运动会"是在济南举行的。开会之前忙坏了石匠瓦匠们。至少也花了十万圆吧，在南围墙子外建了一座运动场。场子的本身算不上美观，可是地势却取得好极了。我不懂风水阴阳，只就审美上看是非常满意的。南边正对着千佛山的山凹，东南角对着开元寺上边的那座"玄秘"塔，东边列着一片小山。西边呢，齐鲁大学的方灯式的礼堂石楼，如果在晚半天看，好像是斜阳之光的暂停处。坐在高处往北看，济南全城只是夹着几点红色的一片深绿。

喜欢看人们运动，更喜欢看这片风景，所以借个机会，哪怕只是个初级小学开会练练徒手操呢，我总要就此走上

一遭。

　　爱到这里来的并不止于我个人，学生是无须说了，就是张大娘，李二嫂，王三姑娘——三位女性，一律小脚——也总和我前后脚的扭上前来。于是，我设若听不到"内行"的评论，比如说哪项竞走是打破了某种纪录，哪个选手跳高的姿势如何道地，我可是能听到一些真正民意，因为张大娘等不仅是张着嘴看，而且要时常批评或讨论几句呢。

　　去年"华北"开会的第二天，大家正"敬"候着万米长跑下场，张大娘的一只小公鸡先下了场，原来张大娘赴会时顺便买了只鸡在怀中抱着，不知是为要鼓掌还是要剥落花生吃，而鸡飞矣。张大娘，于是，连同李二嫂，一齐与那鸡赛了个不止百码！童子军、巡警、宪兵也全加入捉鸡竞走，至少也有五分钟吧——不知是打破哪项纪录——鸡终被擒。张大娘抱鸡又坐好，对李二嫂发了议论：咱们要是也像那些女学生，裤子只护着腚，大脚片穿着滚钉板的鞋，还用费这么大事捉一只鸡？李二嫂看了旁边的小脚王三姑娘；王三姑娘猛然用手遮上了眼，低声而急切的说：她们，她们，真不害羞，当着这么多老爷儿们脱裤子！果然，有几位女运动员预备跳栏正脱去长裤。于是李二嫂与张大娘似乎后悔了，彼此点头会意：姑娘到底不该大脚片穿钉鞋，以免当着人脱肥裤。

作者：孙之儁。原载1934年8月16日《庸报》第8版。

今年九月二十四举行全省运动会，为是选拔参加"华北"的选手。我到了，张大娘李二嫂等自然也到了。而且她们这次是带着小孩子与老人。刚一坐下，老人与小孩便一齐质问张大娘：姑娘们在哪儿呢？看不见光腿的姑娘啊！张大娘似乎有些失信用，只好连说别忙别忙。扔花枪、扔锅饼、跳木棍、猴爬竿、推铁疙疸，老人小孩与张大娘都不感觉兴趣，只好老人吸烟，小孩吃栗子，张大娘默祷快来光腿的姑娘以恢复信用。看，来了！旁边一位红眼少年，大概不是布铺便是纸店的少掌柜，十二分恳挚的向张大娘报告。忽——大家全站起来了。看那个黑劲！那个腿！身上还挂着白字！咦！咦！蹦，还蹦打呢！大筒子又响了，瞎嚷什么！唉！唉！站好了，六个人一排，真齐啊！前面一溜小白木架呢！那是跳的，你当是，又跑又跳！真！快看、趴下了！快放枪了，那是！……忽——全坐下了。什么年头儿，老人发了脾气，耍猴儿的，男猴女猴！家走！可是小孩不走，张大娘也不肯走，好的还在后面呢，等会儿，还跑廿多圈儿呢！要看就看跑廿多圈儿的，跑一小骨节有啥看头；跑那么近，还叫人搀着呢，不要脸！廿多圈儿的始终没出来，张大娘既不知道还有秩序单其物，而廿多圈儿的恰好又列在次日。偶尔向场内看一眼，其余的工夫全消费在闲谈上。老人与另一老人联盟：有小孩决不送进学堂去,连跑带跳,一口血,得;况且是老大不小的千金女儿呢!张大娘一定叫小孩等着看跑廿多圈儿的,而小孩一定非再买栗子吃不可。李二嫂说王三姑娘没来,因为定了婆家。红眼青年邀着另一位红眼青年:走,上席棚那边看看去,姑娘都在那儿喝汽水什么的呢。巡警不许我们过去呀?等着,等着机会溜过去呀!……

原载1932年10月29日《华年》第一卷第二十九期

一天

门铃响了,信,好几封。放着信不看,信
会闹鬼

　　闹钟应当,而且果然,在六点半响了。睁开半只眼,日光还没射到窗上;把对闹钟的信仰改为崇拜太阳,半只眼闭上了。

　　八点才起床。赶快梳洗,吃早饭,饭后好写点文章。

　　早饭吃过,吸着第一枝香烟,整理笔墨。来了封快信,好友王君路过济南,约在车站相见。放下笔墨,一手扣钮,一手戴帽,跑出去,门口没有一辆车;不要紧,紧跑几步,巷口总有车的。心里想着:和好友握手是何等的快乐;最好强迫他下车,在这儿住哪怕是一天呢,痛快的谈一谈。到了巷口,没一个车影,好像车夫都怕拉我似的。

又跑了半里多路才遇上了一辆,急忙坐上去,津浦站!车走得很快,决定误不了,又想象着好友的笑容与语声,和他怎样在月台上东张西望的盼我来。

怪不得巷口没车,原来都在这儿挤着呢,一眼望不到边,街上挤满了车,谁也不动。西边一家绸缎店失了火。心中马上就决定好,改走小路,不要在此死等,谁在这儿等着谁是傻瓜,马上告诉车夫绕道儿走,显出果断而聪明。

车进了小巷。这才想起在街上的好处:小巷里的车不但是挤住,而且无论如何再也退不出。马上就又想好主意,给了车夫一毛钱,似猿猴一样的轻巧跳下去。挤过这一段,再抓上一辆车,还可以不误事,就是晚也晚不过十来分钟。

棉袄的底襟挂在小车子上,用力扯,袍子可以不要,见好友的机会不可错过!袍子扯下一大块,用力过猛,肘部正好碰着在娘怀中的小儿。娘不加思索,冲口而成,凡是我不爱听的都清清楚楚的送到耳中,好像我带着无线广播的耳机似的。孩子哭得奇,嘴张得像个火山口;没有一滴眼泪,说好话是无用的;凡是在外国可以用"对不起"了之的事,在中国是要长期抵抗的。四围的人——五个巡警,一群老头儿,两个女学生,一个卖糖的,二十多小伙子,一只黄狗——把我围得水泄不通;没有说话的,专门能看哭骂,笑嘻嘻的看

着我挨雷。幸亏卖糖的是圣人,向我递了个眼神,我也心急手快,抓了一大把糖塞在小孩的怀中;火山口立刻封闭,四围的人皆大失望。给了糖钱,我见缝就钻,杀出重围。

到了车站,遇见中国旅行社的招待员。老那么和气而且眼睛那么尖,其实我并不常到车站,可是他能记得我,"先生取行李吗?"

"接人!"这是多余说,已经十点了,老王还没有叫火车晚开一个钟头的势力。

越想头皮越疼,几乎想要自杀。

出了车站,好像把自杀的念头遗落在月台上了。也好吧,赶快归去写文章。

到了家,小猫上了房;初次上房,怎么也下不来了。老田是六十多了,上台阶都发晕,自然婉谢不敏,不敢上墙。就看我的本事了,当仁不让,上墙!敢情事情都并不简单,你看,上到半腰,腿不晓得怎的会打起转来。不是颤而是公然的哆嗦。老田的微笑好像是恶意的,但是我还不能不仗着他扶我一把儿。

往常我一叫"球",小猫就过来用小鼻子闻我,一边闻一边咕噜。上了房的球和地上的大不相同了,我越叫"球",球越往后退。我知道,我要是一直的向前赶,球会退到房脊那面去,而我将要变成球。我的好话说多了,语气还是学着妇女的:"来,啊,小球,快来,好宝贝,快吃肝来……"无效!我急了,开始恫吓,没用。

磨烦了一点来钟,二姐来了,只叫了一声"球",球并没理我,可是拿我的头作桥,一跳跳到了墙头儿,然后拿我的脊背当梯子,一直跳到二姐的怀中。

兄弟姐妹之间,二姐是我最好的朋友。她第一个好处便是不阻碍我的工作。每逢看见我写字,她连一声都不出;我只要一客气,陪她谈几句,她立刻就搭讪着走出去。

"二姐,和球玩会儿,我去写点字。"我极亲热的说。

"你先给我写几个字吧,你不忙啊?"二姐极亲热的说。

当然我是不忙,二姐向来不讨人嫌,偶尔求我写几个字,还能驳回?

二姐是求我写封信。这更容易了。刚由墙上爬下来,正好先试试笔,稳稳腕子。

二姐的信是给她婆母的外甥女的干姥姥的姑舅兄弟的侄女婿的。二姐与我先决定了半点多钟怎样称呼他。在讨论的进程中,二姐把她婆母的、婆母的外甥女的、干姥姥的、姑舅兄弟的性格与相互的关系略微说明了一下,刚说到干姥姥怎么在光绪二十八年掉了一个牙,老田说午饭得了。

吃过午饭，二姐说先去睡个小盹，醒后再告诉我怎样写那封信。

我是心中搁不下事的，打算把干姥姥放在一旁而去写文章，一定会把莎士比亚写成外甥女婿。好在二姐只是去打一个小盹。

二姐的小盹打到三点半才醒，她很亲热的道歉，昨夜多打了四圈儿小牌。不管怎着吧，先写信。二姐想起来了，她要是到东关李家去，一定会见着那位侄女婿的哥哥，就不要写信了。

二姐走了。我开始重新整理笔墨，并且告诉老田泡一壶好茶，以便把干姥姥们从心中给刺激走。

老田把茶拿来，说，外边调查户口，问我几月的生日。"正月初一！"我告诉老田。

凡是老田认为不可信的事，他必要和别人讨论一番。他告诉巡警：他对我的生日颇有点怀疑，他记得是三月；不论如何也不能是正月初一。巡警起了疑，登时觉得有破获共产党机关的可能，非当面盘问我不可。我自然没被他们盘问短，我说正月与三月不过是阴阳历的差别，并且告诉他们我是属狗的。巡警一听到戌狗亥猪，当然把共产党忘了；又耽误了我一刻多钟。

整四点。忘了，图画展览会今天是末一天！但是，为写文章，牺牲了图画吧。又拿起笔来。只要许我拿起笔来，就万事亨通，我不怕在多么忙乱之后，也能安心写作。

门铃响了，信，好几封。放着信不看，信会闹鬼。第一封：创办老人院的捐启。第二封：三舅问我买洋水仙不买。第三封：地址对，姓名不对，是否应当打开？想了半天，看了信皮半天，笔迹、邮印，全细看过，加以福尔摩斯的判断法；没结果，放在一旁。第四封：新书目录，从头至尾看了一遍，没有我要看的书。第五封：友人求找事，急待答复。赶紧写回信，信和病一样，越耽误越难办。信写好，邮票不够了，只欠一分。叫老田，老田刚刚出去。自己跑一遭吧，反正邮局不远。

发了信，天黑了。饭前不应当写字，看看报吧。

晚饭后，吃了两个梨，为是有助于消化，好早些动手写文章。刚吃完梨，老牛同着新近结婚的夫人来了。

老牛的好处是天生来的没心没肺。他能不管你多么忙，也不管你的脸长到什么尺寸，他要是谈起来，便把时间观念完全忘掉。不过，今天是和新妇同来，我想他决不会坐那么大的工夫。

牛夫人的好处，恰巧和老牛一样，是天生来的没心没肺。

我在八点半的时候就看明白了：大概这二位是在我这里度蜜月。我的方法都使尽了：看我的稿纸，打个假造的哈欠，造谣言说要去看朋友，叫老田上钟弦，问他们什么时候安寝，顺手看看手表……老牛和牛夫人决定赛开了谁是更没心没肺。十点了，两位连半点要走的意思都没有。

"咱们到街上走走，好不好？我有点头疼。"我这么提议，心里计划着：陪他们走几步，回来还可以写个两千多字，夜静人稀更写得快：我是向来不悲观的。

随着他们走了一程，回来进门就打喷嚏，老田一定说我是着了凉，马上就去倒开水，叫我上床，好吃阿司匹灵。老田的命令是不能违抗的，我要是一定不去睡，他登时就会去请医生。也好吧，躺在床上想好了主意明天天一亮就起来写。"老田，把闹钟上到五点！"

老田又笑了，不好和老人闹气，不然的话，真想打他两个嘴巴。

身上果然有点发僵，算了吧，什么也不要想了，快睡！两眼闭死，可是不困，数一二三四，越数越有精神。大概有十一点了，老田已经停止了咳嗽。他睡了，我该起来了，反正是睡不着，何苦瞎耗光阴。被窝怪暖和的，忍一会儿再说，只忍五分钟，起来就写。肚里有点发热，阿司匹灵的功效，还倒舒服。似乎老牛又回来了，二姐，小球……

"起吧，八点了！"老田在窗外叫。

"没上闹钟吗？没告诉你上在五点上吗？"我在被窝里发怒。

"谁说没上呢，把我闹醒了；您大概是受了点寒，发烧，耳朵不大灵，嚒！"

生命似乎是不属于自己的，我叹了口气。稿子应该就发出了，还一个字没有呢！

"老田，报馆没来人催稿子吗？"

"来了，说请您不必忙了，报馆昨晚被巡警封了门。"

原载1933年1月1日《论语》第八期

当幽默变成油抹

有一张画,看不懂是什么,既不是小兔搬家,又不是小狗成亲,简直的什么也不像!

小二小三玩腻了:把落花生的尖端咬开一点,夹住耳唇当坠子,已经不能再作,因为耳坠不晓得是怎回事,全到了他们肚里去;还没有人能把花生吃完再拿它当耳坠!《儿童世界》上的插图也全看完了,没有一张满意的,因为据小二看,画着王家小五是王八的才能算好画,可是插画里没有这么一张。小二和王家小五前天打了一架,什么也不因为,并且一点不是小二的错,一点也不是小五的错;谁的错呢?没人知道。"小三,你当马吧?"小三这时节似乎什么也愿意干,只是不愿意当马。"再不然,咱们学狗打架玩?"小二又出了主意。"也好,可是得真咬耳朵?"小三愿事先问好,以免咬了小二的耳朵而去告诉妈妈。咬了耳朵还怎么再夹上花生当耳坠呢？小二不愿意。唱戏吧？好，唱戏。但是，先看看爸和妈干什么呢。假如爸不在家，正好偷偷的翻翻他那些杂志，有好看的图画可以撕下一两张来；然后再唱戏。

爸和妈都在书房里。爸手里拿着本薄杂志，可是没看；妈手里拿着些毛绳，可是没织；他们全笑呢。小二心里说大人也是好玩呀，不然，爸为什么拿着书不看，妈为什么拿着线不织？

爸说："真幽默，哎呀，真幽默！"爸嘴上的笑纹几乎通到耳根上去。

这几天爸常拿着那么一薄本米色皮的小书喊幽默。

小二小三自然是不懂什么叫幽默，而听成了油抹；可是油抹有什么可笑呢？小三不是为把油抹在袖口上挨过一顿打吗！大人油抹就不挨打而嘻嘻，不公道！

爸念了，一边念一边嘻嘻，眼睛有时候像要落泪，有时候一句还没念完，嘴里便哈哈哈。妈也跟着嘻嘻嘻。念的什么子路——小三听成了紫鹿——又是什么三民主义，而后嘻嘻嘻——一点也不可笑，而爸与妈偏嘻嘻嘻！

决定过去看看那小本是什么。爸不叫他们看："别这儿捣乱，一边儿玩去！"妈也说："玩去，等爸念完再来！"好像

这个小薄本比什么都重要似的！也许爸和妈都吃多了；妈常说小孩子吃多了就胡闹，爸与妈也是如此。

念了半天，爸看了看表，然后把小本折好了一页，极小心的放在写字台的抽屉里："晚上再念；得出门了。"

"再念一段！"妈这半天连一针活也没作，还说再念一段呢，真不害羞！小三心里的小手指头直在脸上削，"没羞没臊，当间儿画个黑老道！"

"晚上，晚上！凑巧还许把第十期买来呢！"爸说，还是笑着。

爸爸走了，走到院里还嘻嘻呢；爸是吃多了！

妈拿着活计到里院去了。

小二小三决定要犯犯"不准动爸的书"的戒命。等妈走远了，轻轻的开了抽屉，拿出那本叫爸和妈嘻嘻的宝贝。他们全把大拇指放在嘴里咂着，大气不出的去找那招人笑的小鬼。他们以为书中必是有个小鬼，这个小鬼也许就叫做油抹。人一见油抹就要嘻嘻，或是哈哈。找了半天，一篇一篇全是黑字！有一张画，看不懂是什么，既不是小兔搬家，又不是小狗成亲，简直的什么也不像！这就可乐呀？字和这样的画要是可乐，为什么妈不许我们在墙上写字画图呢？

"咱们还是唱戏去吧？"小三不耐烦了。

"小三，看，这个小盒也在这儿呢，爸不许咱们动，楞偷偷的看看？"小二建议。

已经偷看了书，为什么不再偷看看小盒？就是挨打也是一顿。小三想的很精密。

把小盒轻轻打开，喝，里边一管挨着一管，都是刷牙膏，可是比刷牙膏的管小些细些。小二把小铅盖转了转，挤，咕——挤出滑溜溜的一条小红虫来，哎呀有趣！小三的眼睛得像两个新铜子，又亮又圆。"来，我挤一个！"他另拿了管，咕——挤出条碧绿的小虫来。

一管一管，全挤过了，什么颜色的也有，真好玩！小二拿起盒里的一支小硬笔，往笔上挤了些红膏，要往牙上擦。

"小二，别，万一这是爸的冻疮药呢？"

"不能，冻疮药在妈的抽屉里呢。"

"等等，不是药，也许呀，也许呀——"小三想了半天想不出是什么。

"这么着吧，小三，把小管全挤在桌上，咱们打花脸吧？"

"唱——那天你和爸听什么来着？"小三的戏剧知识只是由小二得来的那些。

"有花脸的那个？嘀咕的嘀咕嘀嘀咕!《黄鹤楼》！"

"就唱《黄鹤楼》吧!你打红脸,我打绿脸。嘀咕嘀——"

"《黄鹤楼》里没有绿脸!"小二觉得小三对扮戏是没发言权的。

"假装的有个绿脸就得了吗!糖挑上的泥人戏出儿就有绿脸的。"

两个把管里的小虫全挤得越长越好,而后用小硬笔往脸上抹。

"小二,我说这不是牙膏,你瞧,还油亮油亮的呢。喝,抹在脸上有点漆得慌!"

"别说话;你的嘴直动,我怎给你画呀?!"小二给小三的腮上打些紫道,虽然小三是要打绿脸。

正这么打脸,没想到,爸回来了!

"你们俩干什么呢?干什么呢!"

"我们——"小二一慌把小刷子放在小三的头上。

小三,正闭着眼等小二给画眉毛,睁开了眼。

"你们干什么?!"爸是动了气:"二十多块一盒的油!"

"对啦,爸,我们这儿油抹呢!"小三直抓腮部,因为油漆得不好受。

"什么油抹呀?"

"不是爸看这本小书的时候，跟妈说，真油抹，爸笑妈也笑吗？"

"这本小书？"爸指着桌上那本说："从此不再看《论语》！"

爸真生了气。一下子坐在椅子上，气哼哼的，不自觉的，从衣袋里掏出一本小书——样子和桌上那本一样。

乘着爸看新买来的小书，小二小三七手八脚把小管全收在盒里，小三从头上揭下小笔，也放进去。

爸又看入了神，嘴角又慢慢往上弯。小二们的《黄鹤楼》是不敢唱了，可也不敢走开，敬候着爸的发落。

爸又嘻嘻了，拍了大腿一下："真幽默！"

小三向小二咬耳朵："爸是假装油抹，咱们才是真油抹呢！"

原载1933年2月16日《论语》第十一期

真正的学校日刊

地理教员因预支薪水与会计员大闹，言语尽非地理教科书上所有者

老工友揍小工友一嘴巴，经厨房大师傅调解，未动刀，亦未至庶务课起诉。

庶务主任探知校长夫人的娘家有喜事，急于煤火费下匀出百元，送去；并携桔子一筐，赠校长的女公子。

甲国文教员与乙国文教员因争钟点，上课时对学生诋骂对方，趣味浓厚，学生只一人打盹。

校长与教务主任研究请教育当局吃饭，陪客应为何人。名单拟定后，略讨论学生考试不及格者应如何处治，无结果，但决定暂不提出教务会议。

六年级学生开救国会议，讨论反对会考办法，并拟妥罢

课标语。

四年级学生决定驱逐历史教员，因已在校二年，学问虽好，但太好讲历史，故须换换，以新耳目。

三二年级因赛球起打，体育主任匆匆回家。

图书馆丢书五本。

地理教员因预支薪水与会计员大闹，言语尽非地理教科书上所有者。

国画教室新雇女模特儿，下午各班一律无人，图画暂假大礼堂上课。

原载1933年3月25日《申报·自由谈》

吃莲花的

专说"亭亭玉立"这四个字就被我用了七十五次,请想我作了多少首诗吧!

少见则多怪,真叫人愁得慌!谁能都知都懂?就拿相对论说吧,到底怎样相对?是像哼哈二将那么相对,还是像情人要互吻时那么面面相对?我始终弄不清!况且,还要"论"呢。一向不晓得哼哈二将会作论;至于情人互吻而必须作论,难道情人也得"会考"?

这且不提。拿些小事说,"眼生"就要恶意的发笑,"眼熟"的事是对的,至少也比"眼生"的文明些。中国人用湿毛巾擦脸,英美人用干的;中国人放伞头朝上,西洋鬼子放伞头朝下;于是据洋鬼子看,他们文明,我们是头朝下活着。少见多怪,"怪"完了还自是自高一下,愁人得慌!

这且不提。听说广东人吃狗。每逢有广东朋友来，我总把黄子藏到后院去。可是据我所知道的广东朋友们，还没有一位向我要求过："来，拿黄子开开斋！"没有。可是，黄子还是在后院保险。

这且不提。虽然我不"大"懂相对论——不是一点也不懂，说不定它还就许是像哼哈二将那样的对立——可是我天性爱花草。盆花数十种，分对列于庭中，大概我不见得一定比爱因司坦低下着多少。不，或者我比他还高着些。他会相对——和他的夫人相对而坐，也许是——而且会论——和他的夫人论些家长里短什么的。我呢，会种花。我与他各有一出拿手戏，谁也不高，谁也不低。他要是不服气的话，他骂我，我也会骂他。相对论，我得承认他的优越；相对骂，不定谁行呢！这样，我与他本是"肩膀齐为弟兄"，他不用吹，我用不着谦卑。可是，我的盆花是成对摆列着的，兰对兰，菊对菊，盆盆相对，只欠着一个"论"；那么，我比他强点！

这且不提——就使我真比爱因司坦强，也是心里的劲，不便大吹大擂的宣传，我不是好吹的人；何必再提？今年我种了两盆白莲。盆是由北平搜寻来的，里外包着绿苔，至少有五六十岁。泥是由黄河拉来的。水用趵突泉的。只是藕差点事，吃剩下来的菜藕。好盆好泥好水敢情有妙用，菜藕也

不好意思了，长吧，开花吧，不然太对不起人！居然，拔了梗，放了叶，而且开了花。一盆里七八朵，白的！只有两朵，瓣尖上有点红，我细细的用檀香粉给涂了涂，于是全白。作诗吧，除了作诗还有什么办法？专说"亭亭玉立"这四个字就被我用了七十五次，请想我作了多少首诗吧！

这且不提。好几天了，天天门口卖菜的带着几把儿白莲。最初，我心里很难过。好好的莲花和茄子冬瓜放在一块，真！继而一想，若有所悟。啊，济南名士多，不能自己"种"莲，还不"买"些用古瓶清水养起来，放在书斋？是的，一定是这样。

这且不提。友人约游大明湖，"去买点莲花来！"他说。"何必去买，我的两盆还不可观？"我有点不痛快，心里说："我自种的难道比不上湖里的？真！"况且，天这么热，游湖更受罪，不如在家里，煮点毛豆角，喝点莲花白，作两首诗，以自种白莲为题，岂不雅妙？友人看着那两盆花，点了点头。我心里不用提多么痛快了；友人也很雅哟！除了作新诗向来不肯用这"哟"，可是此刻非用不可了！我忙着吩咐家中煮毛豆角，看看能买到鲜核桃不。然后到书房去找我的诗稿。友人静立花前，欣赏着哟！

这且不提。及至我从书房回来一看，盆中的花全在友人手里握着呢，只剩下两朵快要开败的还在原地未动。我似乎忽然中了暑，天旋地转，说不出话。友人可是很高兴。他说："这几朵也对付了，不必到湖中买去了。其实门口卖菜的也有，不过没有湖上的新鲜便宜。你这些不很嫩了，还能对付。"他一边说着，一边奔了厨房。"老田，"他叫着我的总管事兼厨子："把这用好香油炸炸。外边的老瓣不要，炸里边那嫩的。"老田是我由北平请来的，和我一样不懂济南的典故，他以为香油炸莲瓣是什么偏方呢。"这治什么病，烫伤？"他问。友人笑了。"治烫伤？吃！美极了！没看见菜挑子上一把儿一把儿的卖吗？"

这且不提。还提什么呢，诗稿全烧了，所以不能附录在这里。

太史公读老舍文至莲花被吃诗稿被焚之句，慨然有动于衷，乃效时行才子佳人补赞曰：哎，哟，啊！您亭亭玉立的莲花，——莲花——莲花啊！您的幻灭，使我心弦颤动而鼻涕长流呵！我想您——想您——您的亭亭玉立，不玉立无以为亭亭，不亭亭又何以玉立？我想到您的玉立之亭，尤想到您亭立之玉。奇怪啊，您——您的立居然如亭，您的亭又宛然如玉。我一想到此，我的心血来潮了，我的神经紧张了，我昏昏欲倒了。您的青春，您的美丽妖艳的青春，您亭亭玉

立的青春，使我憧憬而昏醉了。您不朽的青春，将借我的秃笔而不朽了，虽然厨夫——狞恶的不了解您的厨夫——将您——您油炸了，但是您是不朽的啊！您是莲花，我是君子，我们的悲哀的命运正相同啊！您出于做男人之泥及做女人之水，水泥媾精而有了您，有了亭亭玉立之您，这是宇宙之神秘啊！我要死了。我看见您曼妙的花干与多姿的莲叶，被狞恶的厨夫遗弃于地上，我禁不住流泪了。哎哟，莲啊莲！我不敢——不忍——吃您——吃您——的青春不朽的花瓣，我要将您的骨肉炼成石膏，塑成爱神之像，供在我的案上，吻着，吻着，永远的吻着您亭亭玉立……等到末日，我们一同埋葬了自己吧！莲啊莲！

载1933年8月16日《论语》第二十三期

写信

托人办事的信，信封信纸均宜讲究，字勿潦草

写信是近代文化病之一，类似痢疾，一会儿一阵，每日若干次。可是如得其道，或可稍减痛苦。兹条列有效办法如下：

（一）给要人写信宜挂号，或快邮，以引起注意；要人每日接信甚多也。

（二）托人办事的信，莫等回信（参看第四条），应即速发第二封。第二封宜比第一封更客气；这样，或足使对方觉得不好意思不回信。

（三）托人办事的信，信封信纸均宜讲究，字勿潦草。顶好随寄些礼物。答友人求事函，虽利用讣文之空隙亦可。

（四）接信切勿于五日内回答，以免又惹起麻烦。尤其是托办事的信，搁下不答，也许就马虎过去；焉知求事的人不于最短期间已从别方面有了办法哉。如又得函催办前事，仍宜不答，似与之绝交者；直至你托他时，再恢复邦交。

（五）接不相识之人来信，不答；如呼老师，可报以短函。

（六）托人转信，须托比收信人地位高的。

（七）回信不必贴足邮票，不贴尤妙。

（八）为减少检信官员的疑心，书信宜用文言，问候语越多越好。

（九）故意接受检查（如骂人的祖宗函），信封上宜写某某女士收或发。

（十）挂号信勿落于太太之手，内或有汇票也。

（十一）索欠函或账条宜原物退回。

（十二）无论填写何项表格，"永久通信处"宜空着。

（十三）平安家信印好一千张，按时填发。本条极不适用于情书。

（十四）情书须与绝命书同时写好，以免临时赶作。

原载1933年10月13日《申报·自由谈》

一九三四年计划

"计划化"惯了,生命就能变成个计划

没有职业的时候,当然谈不到什么计划——找到事再说。找到了事作,生活较比的稳定了,野心与奢望又自减缩——混着吧,走到哪儿是哪儿;于是又忘了计划。过去的几年总是这样,自己也闹不清是怎么过来的。至于写小说,那更提不到计划。有朋友来信说"作",我就作;信来得太多了呢,便把后到的辞退,说上几声"请原谅"。有时候自己想写一篇,可是一搁便许搁到永远。一边作事,一边写作,简直不是回事!

一九三四年了,恐怕又是马虎的过去。不过,我有个心愿:希望能在暑后不再教书,而专心写文章,这个不是容易

实现的。自己的负担太重,而写文章的收入又太薄;我是不能不管老母的,虽然知道创作的要紧。假如这能实现,我愿意暑后到南方去住些日子;杭州就不错,那里也有朋友。

不论怎样吧,这是后半年的话。前半年呢,大概还是一边教书,一边写点东西。现在已经欠下了好几个刊物的债,都该在新年后还上,每月至少须写一短篇。至于长篇,那要看暑假后还教书与否;如能辞退教职,自然可以从容的乱写了。不能呢,长篇即没希望。我从前写的那几本小说都成于暑假与年假中,因除此再找不出较长的时间来。这么一来,可就终年苦干,一天不歇。明年暑假决不再这么干,我的身体实在不能说是很强壮。春假想去跑泰山,暑假要到非避暑的地方去避暑——真正避暑的地方不是为我预备的。我只求有个地点休息一下,暑一点也没关系。能一个月不拿笔,就是死上一回也甘心!

提到身体,我在四月里忽患背痛,痛得翻不了身,许多日子也不能"鲤鱼打挺"。缺乏运动啊。篮球足球,我干不了,除非有意结束这一辈子。于是想起了练拳。原先我就会不少刀枪剑戟——自然只是摆样子,并不能去厮杀一阵。从五月十四开始又练拳,虽不免近似义和团,可是真能运动运动。因为打拳,所以起得很早;起得早,就要睡得早;这半年来，精神确是不坏，现在已能一气练下四五趟拳来。这个，我要继续下去，一定！

自从我练习拳术，舍猫小球也胖了许多，因为我一跳，她就扑我的腿，以为我是和她玩耍呢。她已一岁多了，尚未生小猫。扑我的腿，和有时候高声咪喵，或系性欲的压迫，我在来年必须为她定婚，这也在计划之中。

至于钱财，我向无计划。钱到手不知怎么就全另找了去处。来年呢，打算要小心一些。书，当然是要买的。饭，也不能不吃。要是俭省，得由零花上设法。袋中至多只带一块钱是个好办法；不然，手一痒则钞票全飞。就这样吧，袋中只带一元，想进铺子而不敢，则得之矣。

这像个计划与否，我自己不知道。不过，无论怎样，我是有志向善，想把生活"计划化"了。"计划化"惯了，生命就能变成个计划。将来不幸一命身亡，会有人给立一小块石碑，题曰"舒计划葬于此"。新年不宜说丧气话，那么，取销这条。

原载1934年1月《东方杂志》第三十一卷第一号

小病

山上的和尚思凡，比城里的学生要厉害许多

大病往往离死太近，一想便寒心，总以不患为是。即使承认病死比杀头活埋剥皮等死法光荣些，到底好死不如歹活着。半死不活的味道使盖世的英雄泪下如雨呀。拿死吓唬任何生物是不人道的。大病专会这么吓唬人，理当回避，假若不能扫除净尽。

可是小病便当另作一说了。山上的和尚思凡，比城里的学生要厉害许多。同样，楚霸王不害病则没的可说，一病便了不得。生活是种律动，须有光有影，有左有右，有晴有雨；滋味就含在这变而不猛的曲折里。微微暗些，然后再明起来，则暗得有趣，而明乃更明；且不至明过了度，忽然烧断，如

作者：丰子恺。原载1936年1月1日《论语》第79期。

百烛电灯泡然。这个,照直了说,便是小病的作用。常患些小病是必要的。

所谓小病,是在两种小药的能力圈儿内,阿司匹灵与清瘟解毒丸是也。这两种药所不治的病,顶好快去请大夫,或者立下遗嘱,备下棺材,也无所不可,咱们现在讲的是自己能当大夫的"小"病。这种小病,平均每个半月犯一次就挺合适。一年四季,平均犯八次小病,大概不会再患什么重病了。自然也有爱患完小病再患大病的人,那是个人的自由,不在话下。

咱们说的这类小病很有趣。健康是幸福;生活要趣味。所以应当讲说一番:

小病可以增高个人的身分。不管一家大小是靠你吃饭,还是你白吃他们,日久天长,大家总对你冷淡。假若你是挣钱的,你越尽责,人们越挑眼,好像你是条黄狗,见谁都得连忙摆尾;一尾没摆到,即使不便明言,也暗中唾你几口。不大离的你必得病一回,必得!早晨起来,哎呀,头疼!买清瘟解毒丸去!还有阿司匹灵吗?不在乎要什么,要的是这个声势。狗的地位提高了不知多少。连懂点事的孩子也要闭眼想想了——这棵树可是倒不得呀!你在这时节可以发散发散狗的苦闷了,卫生的要术。你若是个白吃饭的,这个方法也一样灵验。特别是妈妈与老嫂子，一见你真需要阿司匹灵，她们会知道你没得到你所应得的尊敬，必能设法安慰你：去听听戏，或带着孩子们看电影去吧？她们诚意的向你商量，本来你的病是吃小药饼或看电影都可以治好的，可是你的身份儿高多了呢。在朋友中，社会中，光景也与此略同。

此外，小病两日能自己治好，是种精神的胜利。人就是别投降给大夫。无论国医西医，一律招惹不得。头疼而去找西医，他因不能断症——你的病本来不算什么——一定嘱告你住院，而后详加检验，发现了你的小脚指头不是好东西，非割去不可。十天之后，头疼确是好了，可是足指剩了九个。国医文明一些，不提小脚指头这一层，而说你气虚，一开便开二十味药；他越摸不清你的脉，越多开药，意在把病吓跑。就是不找大夫。预防大病来临，时时以小病发散之，而小病自己会治，这就等于"吃了萝卜喝热茶，气得大夫满街爬！"

有宜注意者：不当害这种病时，别害。头疼，大则足以失去一个王位，小则能惹出是非。设个小比方：长官约你陪客，你说头疼不去，其结果有不易消化者。怎样利用小病，须在全部生活艺术中搜求出来。看清机会，而后一想象，乃由无病而有病，利莫大焉。

这个，从实际上看，社会上只有一部分人能享受，差不

多是一种雅好的奢侈。可是,在一个理想国里,人人应该有这个自由与享受。自然,在理想国内也许有更好的办法;不过,什么办法也不及这个浪漫,这是小品病。

原载1934年7月5日《人间世》第七期

哭白涤洲

这样的人，只有无知的老天知道怎回事！

十月十二接到电报："涤洲病危"。十四起身；到北平，他已过去。接到电报，隔了一天才动身，我希望在这一天再得个消息——好的。十二号以前，什么信儿都没听到，怎能忽然"病危"？涤洲的身体好，大家都晓得，所以我不信那个电报，而且深信必再有电更正。等了一天，白等；我的心凉了。在火车上我的泪始终在眼里转。车到前门，接我的是齐铁恨——他在南京作事——我俩的泪都流下来了。我恨我晚来了一天，可是铁恨早来一天也没见到"他"。十二的早晨，"他"就走了。

这完全像个梦。八月底，我们三个——涤洲、铁恨与我——还在南京会着。多么欢喜呀！涤洲张罗着逛这儿那儿，还要陪我到上海,都被我拦住了。他先是同刘半农先生到西北去;半农先生死后,他又跑到西安去讲学。由西安跑到南京,还要随我上上海。我没叫他去。他的身体确是好,但是那么热的天,四下里跑,不是玩的。这只是我的小心;梦也梦不到他会死。他回到北平,有信来,说:又搬了家。以后,再没信了,我心里还说:他大概是忙着作文章呢。敢情他又到河南讲学去了。由河南回来就病。十二号我接到那个电报。这不像个梦?

今天翻弄旧稿,夹着他一封信——去年一月十日在西山发的。"苓儿死去……咽气恰与伊母下葬同时,使我不能不特别哀痛。在家里我抱大庄,家母抱菊,三辈四人,情形极惨。现在我跑到西山,住在第三小学的最下一个院子,偌大的地方只有我一个人。天极冷,风顶大,冰寒的月光布满了庭院,我隔着玻窗,凝望南山,回忆两礼拜来的遭遇,止不住的眼泪流下来!"

"两礼拜来的遭遇"是大孩子蓝死,夫人死,女孩苓死。跟着——老天欺侮起来好人没完!——是菊死,和白老伯死;一气去了五口。蓝是夜间死的,他一边哭一边给我写信。紧跟着又得到白夫人病故的信,我跑回北平去安慰他。他还支持着,始终不放声的哭,可是端茶碗的时候手颤。跟着又死去三口,大家都担心他。他失眠,闭上眼就看见他的孩子。可是他不喝酒,不吸烟,像棵松树似的立着。他要作好到底。

现在，剩下六十多的老母，廿多岁的续娶的夫人，与五岁的大庄！人生是什么呢？

朋友里，他最好。他对谁也好。有他，大家的交情有了中心。什么都是他作，任劳任怨的作，会作，肯作，有力气作。对家人，对朋友，永远舍己从人。对事情，明知上当，还作，只求良心上过得去。他很精明，但不掏出手段；他很会办事，多一半是因为肯办，肯认真办。他就这么累死了。

对学问，他很谦虚，总说他自己"低能"。可是在事情那么忙乱的时候，他居然在音韵学上有成就，有著作。他作到别人所不能作到的了：就在家中死了五口以后，他会跑到西北去调查方音！他还笑着说呢：到外边散散心。死了五口，散心？拿调查工作散心，他不是心狠，是尽人力所及的铸造自己。他老要对得起自己，对得起朋友，对得起一生。卅五岁就死去，这样的人，只有无知的老天知道怎回事！

自我一认识他，他仿佛就是个高个子。老推平头，老穿深色的衣服，腮上胡子很重。偶尔穿上洋服，他笑自己。他知道自己不漂亮。同样，他知道自己的一切缺点。有一次，他把件绸子大衫染得发了绿头儿，他笑着把它藏起去："这不行，这不行，穿它还能上街？"他什么也不行，他觉得。于是高过他的人，他不巴结。低于他的人，他帮忙。对他自己，

在幽默的轻视中去努力。高高的个子,灰色或蓝色的长袍,一天到晚他奔忙。他没有过人的思想,只求在他才力所及的事上,学问上,作人上,去作。他实在。说给他一件新事,或一个新的思想,他要想了,然后他拍着腿:"高!高!"到此为止;他能了解,而永远不能作出来,新的。旧社会的享受,他没享受过;新的,也没享受过。他老想使别人过得去,什么新的旧的,反正自己没占了便宜。自己不占便宜就舒服。因此,他心宽。死了五口,还能支持,还替朋友办事,还努力工作,就是这个力量的果实。谁都说,过了那一场,涤洲什么也不怕了。他竟会死了!

他死的时候,一群朋友围着他,眼看着咽气,没办法。他给朋友帮过多少忙,而大家只能看着他死。他死后,由上海汉口青岛赶来许多朋友,来哭;有什么用呢?他已经死在医院了,老太太还拉着大庄给他送果子来。噢,什么也别说了吧,要惨到什么地步呢!涤洲,涤洲,我们只有哭;没用,是没用。可是,我们是哭你的价值呀。我们能找到比你俊美的人,比你学问大的人,比你思想高的人:我们到哪儿去找一位"朋友",像你呢?

原载1934年12月《人间世》第十七期

小麻雀

我捧着它好像世上一切生命都在我的掌中似的,我不知怎样好

雨后,院里来了个麻雀,刚长全了羽毛。它在院里跳,有时飞一下,不过是由地上飞到花盆沿上,或由花盆上飞下来。看它这么飞了两三次,我看出来:它并不会飞得再高一些,它的左翅的几根长翎拧在一起,有一根特别的长,似乎要脱落下来。我试着往前凑,它跳一跳,可是又停住,看着我,小黑豆眼带出点要亲近我又不完全信任的神气。我想到了:这是个熟鸟,也许是自幼便养在笼中的。所以它不十分怕人。可是它的左翅也许是被养着它的或别个孩子给扯坏,所以它爱人,又不完全信任。想到这个,我忽然的很难过。一个飞禽失去翅膀是多么可怜。这个小鸟离了人恐怕不会活,

可是人又那么狠心,伤了它的翎羽。它被人毁坏了,而还想依靠人,多么可怜!它的眼带出进退为难的神情,虽然只是那么个小而不美的小鸟,它的举动与表情可露出极大的委屈与为难。它是要保全它那点生命,而不晓得如何是好。对它自己与人都没有信心,而又愿找到些倚靠。它跳一跳,停一停,看着我,又不敢过来。我想拿几个饭粒诱它前来,又不敢离开,我怕小猫来扑它。可是小猫并没在院里,我很快的跑进厨房,抓来了几个饭粒。及至我回来,小鸟已不见了。我向外院跑去,小猫在影壁前的花盆旁蹲着呢。我忙去驱逐它,它只一扑,把小鸟擒住!被人养惯的小麻雀,连挣扎都不会,尾与爪在猫嘴旁搭拉着,和死去差不多。

瞧着小鸟,猫一头跑进厨房,又一头跑到西屋。我不敢紧追,怕它更咬紧了可又不能不追。虽然看不见小鸟的头部,我还没忘了那个眼神。那个预知生命危险的眼神。那个眼神与我的好心中间隔着一只小白猫。来回跑了几次,我不追了。追上也没用了,我想,小鸟至少已半死了。猫又进了厨房,我愣了一会儿,赶紧的又追了去;那两个黑豆眼仿佛在我心内睁着呢。

进了厨房,猫在一条铁筒——冬天升火通烟用的,春天拆下来便放在厨房的墙角——旁蹲着呢。小鸟已不见了。铁

惨劫

江浙平章巘二家養二鴿，其雄斃于貍奴，家人以他雄配之，遂鬥而死。謝子蘭作義鴿詩弔之。

廣劫新志

丰子恺画，朱幼兰书。原收入《护生画集》（第4集）（新加坡薝蔔院1960年9月初版）。

筒的下端未完全扣在地上，开着一个不小的缝，小猫用脚往里探。我的希望回来了，小鸟没死。小猫本来才四个来月大，还没捉住过老鼠，或者还不会杀生，只是叼着小鸟玩一玩。正在这么想，小鸟，忽然出来了，猫倒像吓了一跳，往后躲了躲。小鸟的样子，我一眼便看清了，登时使我要闭上了眼。小鸟几乎是蹲着，胸离地很近，像人害肚痛蹲在地上那样。它身上并没血。身子可似乎是蜷在一块，非常的短。头低着，小嘴指着地。那两个黑眼珠！非常的黑，非常的大，不看什么，就那么顶黑顶大的楞着。它只有那么一点活气，都在眼里，像是等着猫再扑它，它没力量反抗或逃避；又像是等着猫赦免了它，或是来个救星。生与死都在这俩眼里，而并不是清醒的。它是胡涂了，昏迷了；不然为什么由铁筒中出来呢？可是，虽然昏迷，到底有那么一点说不清的，生命根源的，希望。这个希望使它注视着地上，等着，等着生或死。它怕得非常的忠诚，完全把自己交给了一线的希望，一点也不动。像把生命要从两眼中流出，它不叫，不动。

小猫没再扑它，只试着用小脚碰它。它随着击碰倾侧，头不动，眼不动，还呆呆的注视着地上。但求它能活着，它就决不反抗。可是并非全无勇气，它是在猫的面前不动！我轻轻的过去,把猫抓住。将猫放在门外,小鸟还没动。我双手把它捧起来。它确是没受了多大的伤,虽然胸上落了点毛。它看了我一眼!

我没主意:把它放了吧,它准是死?养着它吧,家中没有笼子。我捧着它好像世上一切生命都在我的掌中似的,我不知怎样好。小鸟不动,蜷着身,两眼还那么黑,等着!楞了好久,我把它捧到卧室里,放在桌子上,看着它,它又楞了半天,忽然头向左右歪了歪,用它的黑眼瞟了一下;又不动了,可是身子长出来一些,还低头看着,似乎明白了点什么。

原载1934年10月《文学评论》第一卷第二期

神的游戏

戏剧必须先作茧，到末了变出蛾子来

戏剧不是小说。假若我是个木匠，我一定说戏剧不是大锯。由正面说，戏剧是什么，大概我和多数的木匠都说不上来。对戏剧我是头等的外行。

可是，我作过戏剧。这只有我与字纸篓知道。看别人写戏，我也试试，正如看别人下海，我也去涮涮脚。原来戏剧和小说不是一回事。这个发现，多少是恼人的。

"小说是袖珍戏园"。不错。连卖瓜子的打手巾把的都有地位。形容那位睡着了的观客，和他的梦，都无所不可。一出戏，非把卖瓜子的逐出去不可，那位作梦的先生也该枪毙。戏剧限于台上那点玩艺，而且必定不许台下有人睡觉。一些布景，几个人，说说笑笑或哭哭啼啼，这要使人承认为艺术；天哪，难死人也！景片的绳子松了一些，椅子腿有点活动，都不在话下；她一个劲使人明白人生，认识生命，拿揭显代替形容，拿吵嘴当作哲理，这简直不可能。可是真有会干这个的！

设若戏剧是"一个"人的发明，他必是个神。小说，二大妈也会是发明人。从头儿说起吧。立意有了，人物，地点，时间，也都有了，这不应很乐观么？是。于是提起笔来，终于放下，让谁先出来呢？设若是小说，我就大有办法。我能叫一混成旅人一齐出来，也能叫一个人没有而大讲秋天的红叶。戏剧家必是个神，他晓得而且毫不迟疑的怎样开始。他似乎有件法宝，一祭起便成了个诛仙阵，把台下的众灵魂全引进阵去。并且是很简单呀，没有说明书，没有开场词，没有名人的介绍；一开幕便单摆浮搁的把阵式列开，一两个回合便把人心捉住，拿活人演活人的事，而且叫台下的活人郑重其事的感到一些什么，傻子似的笑或落泪。这个本事是真本事，我只能使眼前的白纸老那么白着吧。请想，我面对面的，十二分诚恳的，给二大妈述说一件事，她还不能明白，或是不愿听；怎样将两个人放在台上交谈一阵，就使她明白而且乐意听呢？大概不是她故意与我作难，就是我该死。

勉强的打了个头儿。一开幕,一胖一瘦在书房内谈话,窗外有片雪景,不坏。胖子先说话,瘦子一边听一边看报。也好。谈了两三分钟,胖子和瘦子的话是一个味,话都非常的漂亮,只是显不出胖子是怎么个人,瘦子是怎么个人。把笔放下,叹气。

过了十分钟,想起来了。该上女角了。女角一露面,胖子和瘦子之间便起了冲突,一起冲突便有了人格。好极了。女角出来了。她也加入谈话,三个人说的都一个味,始终是白开水。她打扮得很好,长得也不坏,说话也漂亮;她是怎么个人呢?没办法。胖子不替她介绍,瘦子也不管详述族谱,她自己更不好意思自述。这位救命星原来也是木头的。字纸篓里增多了两三张纸。

天才不应当承认失败,再来。这回,先从后头写。问题的解决是更难写的;先解决了,然后再倒转回来补充,似乎更保险。小说不必这样,因为无结果而散也是真实的情形。戏剧必须先作茧,到末了变出蛾子来。是的,先出蛾子好了。反正事实都已预备好,只凭一写了。写吧。胖子瘦子和姑娘又都出来了。还是木头的。瘦子娶了姑娘,胖子饮鸩而死,悲剧呀。自己没悲,胖子没悲,虽然是死了!事实很有味,就是人始终没活着。胖子和瘦子还打了一场呢,白打,最紧张处就是这一打,我自己先笑了。

念两本前人的悲剧,找点诀窍吧。哼!事实不如我的奇,穿插不如我的巧,言语没有我的俏,可是,也不是从哪里找来的,前前后后,里里外外,有股悲劲萦绕回环,好似与人物事实平行着一片秋云,空气便是凉飕飕的。不是闹鬼;定是有神。这位神,把人与事放在一个悲的宇宙里。不知他是先造的人呢,还是先造的那个宇宙。一切是在悲壮的律动里,这个律动把二大妈的泪引出来,满满的哭了两三天,泪越多心里越痛快。二大妈的灵魂已到封神台下去,甘心的等着被封为——哪怕是土地奶奶呢,到底是入了神界!

我完了。神始终不照顾我。他不给我这点力量。我的眼总是迷糊,看不见那么立体的一小块——其中有人有事有说有笑,一小块人生,一小块真理,一小块悲史,放在心里正合适,放在宇宙里便和宇宙融成一体,如气之与风。戏剧呀,神的游戏。木匠,还是用你的锯吧。

原载1934年7月14日《大公报·文艺副刊》

暑中杂谈二则

赶到雨已停止，特别是天上出了虹彩的时候，总要到院中看看

一 檐滴

冰雹，狂风，炮火，自然是可怕的。不过，有些东西原不足畏，却也会欺侮人，比如檐滴。大雨的时候，檐溜急流，我们自会躲在屋内，不受它们的浇灌。感到雨已停止，特别是天上出了虹彩的时候，总要到院中看看。你出去吧，刚把脚放在阶上，不偏不斜，一个檐滴准敲在你的头顶上。正在发旋那块，因为那儿露着的头皮多一些。贾波林在影戏里才用酒瓶打人那块，檐滴也会这一招，而且不必是在影戏里。设若你把脖伸长了些，檐滴就更得手：你要是瘦子，它准落在脖子正中那个骨头上，溅起无数的水星；你要是胖子，它

必会滴在那个肉褶上，而后往左右流，成一道小河，擦都费事。这自然不疼不痒，可是叫人别扭。它欺侮人。你以为雨已过去好久，可以平安无事了，哼，偏有那么一滴等着你呢！晚出来一步，或早出来一步，都可以没事；它使你相信了命运，活该挨这一下敲，挨完了敲，还是没地方诉冤。你不能骂房檐一顿；也不能打那滴水，它是在你的脖子上。你没办法。

二　留声机

　　北方一年只有几天连阴，好像个节令似的过着。院中或院外有了不易得的积水，小孩，甚至于大人，都要去蹚一蹚；摔在泥塘里也是有的。门外卖果子的特别的要大价，街上的洋车很少而奇贵，连医院里也冷冷清清的，下大雨病也得休息。家里须过阴天，什么老太太斗个纸牌，什么大姑娘用凤仙花泥染染指甲，什么小胖小子要煮些毛豆角。这都很有趣。可也有时候不尽这样和平，"阴天打孩子，闲着也是闲着"，就是雨战的一种。讲到摩登的事，留声机是阴天的骄子，既是没事可作，《小放牛》唱一百遍也不算多；唱片又不是蘑菇，下阵雨就往外长新的，只好翻过来掉过去的唱那所有的几片。这是种享受，也是种惩罚——《小放牛》唱到一百遍也能使人想起上吊，不是吗？

　　二姐借来个留声机，只有五张戏片。头一天还怪好，一

作者:孙之儁。原载1941年11月《北京漫画》第2卷第11期。

家大小都哼唧着，很有个礼乐之邦的情调。第二天就有咧嘴的了，"换个样行不行？"可是也还没有打起来，要不怎说音乐足以陶养性情呢。第三天——雨更大了——时局可不妙，有起誓的了。但留声机依旧的转着，有的人想把歌背过来，一张连唱二三十次，并且是把耳朵放在机旁，唯恐走了一点音。起誓的和学歌的就不能不打起来了。据近邻王老太太看呢，打起来也比再唱强，到底是换换样呀。

一起打，差点把留声机碰掉下来，虽然没碰掉，也不怎么把那个"节音机"给碰动了，针儿碰到"慢"那边去。我也不晓得这个小针儿叫什么，反正就是那个使唱片加快或减速度的玩艺，大概你比我明白。我家里对于摩登事太落伍。我还算是晓得这个针——不管它姓什么吧——的作用。二姐连这个都不知道。第四天，雨大邪了，一阵一个海，干什么去呢？还得唱。机器转开了，声音像憋住气的牛，不唱，慢慢的啊啊；片子不转，晃悠。上了一片，啊啊了有半点多钟，大家都落了泪。二姐不叫再唱了："别唱了，等晴天再说吧。阴天返潮，连话匣子都皮了！"于是留声机暂行休息。我没那个工夫告诉他们拨拨那个针儿，不愿意再打架。

原载1934年9月1日《论语》第四十八期

写字

后来，我那几个字真刻在石头上了，一点也不瞎吹

假若我是个洋鬼子，我一定也得以为中国字有趣。换个样说，一个中国人而不会写笔好字，必定觉得不是味；所以我常不得劲。

写字算不算一种艺术，和作官算不算革命，我都弄不清楚。我只知道好字看着顺眼。顺眼当然不一定就是美，正如我老看自己的鼻子顺眼而不能自居姓艺名术字子美。可是顺眼也不算坏事，还没有人因为鼻子长得顺眼而去投河。再说，顺眼也颇不容易；无论你怎样自居为宝玉，你的鼻子没有我的这么顺眼，就干脆没办法；我的鼻子是天生带来的，不是在医院安上的。说到写字，写一笔漂亮字，不容易。工夫，

父親的手

作者：丰子恺。原收入《丰子恺漫画全集》（京华出版社2001年4月初版）。

天才，都得有点。这两样，我都有，可就是没人求我写字，真叫人起急！

看着别人写，个儿是个儿，笔力是笔力，真馋得慌。尤其堵得慌的是看着人家往张先生或李先生那里送纸，还得作揖，说好话，甚至于请吃饭。没人理我。我给人家作揖，人家还把纸藏起去。写好了扇子，白送给人家，人家道完谢，去另换扇面。气死人不偿命，简直的是！

只有一个办法：遇上丧事必送挽联，遇上喜事必送红对，自己写。敢不挂，玩命！人家也知道这个，哪敢不挂？可是挂在什么地方就大有分寸了。我老得到不见阳光，或厕所附近，找我写的东西去。行一回人情总得头疼两天。

顶伤心的是我并不是不用心写呀。哼，越使劲越糟！纸是好纸，墨是好墨，笔是好笔，工具满对得起人。写的时候，焚上香，开开窗户，还先读读碑帖。一笔不苟，横平竖直；挂起来看吧，一串倭瓜，没劲！不是这个大那个小，就是歪着一个。行列有时像歪脖树，有时像曲线美。整齐自然不是美的要素；要命是个个字像傻蛋，怎么要俏怎么不行。纸算糟蹋远了去啦。要讲成绩的话，我就有一样好处，比别人糟蹋的纸多。

可是，"东风常向北，北风也有转南时"，我也出过两回风头。一回是在英国一个乡村里。有位英国朋友死了，因为在中国住过几年，所以留下遗言。墓碣上要几个中国字。我去吊丧，死鬼的太太就这么跟我一提。我晓得运气来了，登时包办下来；马上回伦敦取笔墨砚，紧跟着跑回去，当众开彩。全村子的人横是差不多都来了吧，只有我会写；我还告诉他们：我不仅是会写，而且写得好。写完了，我就给他们掰开揉碎的一讲，这笔有什么讲究，那笔有什么讲究。他们的眼睛都睁得圆圆的，眼珠里满是惊叹号。我一直痛快了半个多月。后来，我那几个字真刻在石头上了，一点也不瞎吹。"光荣是中国的，艺术之神多着一位。天上落下白米饭，小鬼啊啊的哭；因为仓颉泄露了天机！"我还记得作了这样高伟的诗。

第二回是在中国，这就更不容易了。前年我到远处去讲演。那里没有一个我的熟人。讲演完了，大家以为我很有学问，我就棍打腿的声明自己的学问很大，他们提什么我总知道，不知道的假装一笑，作为不便于说，他们简直不晓得我吃几碗干饭了，我更不便于告诉他们。提到写字，我又那么一笑。喝，不大会儿，玉版宣来了一堆。我差点乐疯了。平常老是自己买纸，这回我可捞着了！我也相信这次必能写得好：平常总是拿着劲，放不开胆，所以写的不自然；这次我给他个信马由缰，随笔写来，必有佳作。中堂，屏条，对联，写多了，直写了半天。写的确是不坏，大家也都说好。就是在我辞别的时候，我看出点毛病来：好些人跟招待我的人嘀咕，我很听见了几句："别叫这小子走！""那怎好意思？""叫他赔纸！""算了吧，他从老远来的。"……招待员总算懂眼，知道我确是卖了力气写的，所以大家没一定叫我赔纸；到如今我还以为这一次我的成绩顶好，从量上质上说都下得去。无论怎么说，总算我过了瘾。

我知道自己的字不行，可有一层，谁的孩子谁不爱呢！是不是，二哥？

原载1934年12月16日《论语》第五十五期

读书

书要都叫我记住,还要书干吗?

若是学者才准念书,我就什么也不要说了。大概书不是专为学者预备的;那么,我可要多嘴了。

从我一生下来直到如今,没人盼望我成个学者;我永远喜欢服从多数人的意见。可是我爱念书。

书的种类很多,能和我有交情的可很少。我有决定念什么的全权;自幼儿我就会逃学,楞挨板子也不肯说我爱《三字经》和《百家姓》。对,《三字经》便可以代表一类——这类书,据我看,顶好在判了无期徒刑以后去念,反正活着也没多大味。这类书可真不少,不知道为什么;也许是犯无期徒刑罪的太多;要不然便是太少——我自己就常想杀些写这

类书的人。我可是还没杀过一个,一来是因为——我才明白过来——写这样书的人敢情有好些已经死了,比如写《尚书》的那位李二哥。二来是因为现在还有些人专爱念这类书,我不便得罪人太多了。顶好,我看是不管别人;我不爱念的就不动好了。好在,我爸爸没希望我成个学者。

第二类书也与咱无缘:书上满是公式,没有一个"然而"和"所以"。据说,这类书里藏着打开宇宙秘密的小金钥匙。我倒久想明白点真理,如地是圆的之类;可是这种书别扭,它老瞪着我。书不老老实实的当本书,瞪人干吗呀?我不能受这个气!有一回,一位朋友给我一本《相对论原理》,他说:明白这个就什么都明白了。我下了决心去念这本宝贝书。读了两个"配纸",我遇上了一个公式。我跟它"相对"了两点多钟!往后边一看,公式还多了去啦!我知道和它们"相对"下去,它们也许不在乎,我还活着不呢?

可是我对这类书,老有点敬意。这类书和第一类有些不同,我看得出。第一类书不是没法懂,而是懂了以后使我更糊涂。以我现在的理解力——比上我七岁的时候,我现在满可以作圣人了——我能明白"人之初,性本善"。明白完了,紧跟着就糊涂了;昨儿个晚上,我还挨了小女儿——玫瑰唇的小天使——一个嘴巴。我知道这个小天使性本不善,她才

作者：丰子恺。原载1939年5月《文艺新潮》第1卷第8号。

两岁。第二类书根本就看不懂,可是人家的纸上没印着一句废话;懂不懂的,人家不闹玄虚,它瞪我,或者我是该瞪。我的心这么一软,便把它好好放在书架上;好打好散,别太伤了和气。

这要说到第三类书了。其实这不该算一类;就这么算吧,顺嘴。这类书是这样的:名气挺大,念过的人总不肯说它坏,没念过的人老怪害羞的说将要念。譬如说《元曲》,太炎"先生"的文章,罗马的悲剧,辛克莱的小说,《大公报》——不知是哪儿出版的一本书——都算在这类里,这些书我也都拿起来过,随手便又放下了。这里还就属那本《大公报》有点劲。我不害羞,永远不说将要念。好些书的广告与威风是很大的,我只能承认那些广告作得不错,谁管它威风不威风呢。

"类"还多着呢,不便再说;有上面的三项也就足以证明我怎样的不高明了。该说读的方法。

怎样读书,在这里,是个自决的问题;我说我的,没勉强谁跟我学。第一,我读书没系统。借着什么,买着什么,遇着什么,就读什么。不懂的放下,使我糊涂的放下,没趣味的放下,不客气。我不能叫书管着我。

第二,读得很快,而不记住。书要都叫我记住,还要书干吗?书应该记住自己。对我,最讨厌的发问是:"那个典故是哪儿的呢？""那句书是怎么来着？"我永不回答这样的考问，即使我记得。我又不是印刷器养的，管你这一套！

读得快，因为我有时候跳过几页去。不合我的意，我就练习跳远。书要是不服气的话，来跳我呀！看侦探小说的时候，我先看最后的几页，省事。

第三，读完一本书，没有批评，谁也不告诉。一告诉就糟："嘿，你读《啼笑因缘》？"要大家都不读《啼笑因缘》，人家写它干吗呢？一批评就糟："尊家这点意见？"我不惹气。读完一本书再打通架，不上算。我有我的爱与不爱，存在我自己心里。我爱念什么就念，有什么心得我自己知道，这是种享受，虽然显得自私一点。

再说呢，我读书似乎只要求一点灵感。"印象甚佳"便是好书，我没工夫去细细分析它，所以根本便不能批评。"印象甚佳"有时候并不是全书的，而是书中的一段最入我的味；因为这一段使我对这全书有了好感；其实这一段的美或者正足以破坏了全体的美，但是我不去管；有一段叫我喜欢两天的，我就感谢不尽。因此，设若我真去批评，大概是高明不了。

第四，我不读自己的书，不愿谈论自己的书。"儿子是自己的好"，我还不晓得，因为自己还没有过儿子。有个小女

儿,女儿能不能代表儿子,就不得而知。"老婆是别人的好",我也不敢加以拥护,特别是在家里。但是我准知道,书是别人的好。别人的书自然未必都好,可是至少给我一点我不知道的东西。自己的,一提都头疼!自己的书,和自己的运气,好像永远是一对累赘。

第五,哼,算了吧。

原载1934年12月《太白》第一卷第七期

落花生

在英国，花生叫作"猴豆"

我是个谦卑的人。但是，口袋里装上四个铜板的落花生，一边走一边吃，我开始觉得比秦始皇还骄傲。假若有人问我："你要是作了皇上，你怎么享受呢？"简直的不必思索，我就答得出："派四个大臣拿着两块钱的铜子，爱买多少花生吃就买多少！"

什么东西都有个幸与不幸。不知道为什么瓜子比花生的名气大。你说，凭良心说，瓜子有什么吃头？它夹你的舌头，塞你的牙，激起你的怒气——因为一咬就碎；就是幸而没碎，也不过是那么小小的一片，不解饿，没味道，劳民伤财，布尔乔亚！你看落花生：大大方方的，浅白麻子，细腰，曲线

美。这还只是看外貌。弄开看：一胎儿两个或者三个粉红的胖小子。脱去粉红的衫，象牙色的豆瓣一对对的抱着，上边还结着吻。那个光滑，那个水灵，那个香喷喷的，碰到牙上那个干松酥软！白嘴吃也好，就酒喝也好，放在舌上当槟榔含着也好。写文章的时候，三四个花生可以代替一支香烟，而且有益无损。

种类还多呢：大花生，小花生，大花生米，小花生米，糖饯的，炒的，煮的，炸的，各有各的风味，而都好吃。下雨阴天，煮上些小花生，放点盐；来四两玫瑰露；够作好几首诗的。瓜子可给诗的灵感？冬夜，早早的躺在被窝里，看着《水浒》，枕旁放着些花生米；花生米的香味，在舌上，在鼻尖；被窝里的暖气，武松打虎……这便是天国！冬天在路上，刮着冷风，或下着雪，袋里有些花生使你心中有了主儿。掏出一个来，剥了，慌忙往口中送，闭着嘴嚼，风或雪立刻不那么厉害了。况且，一个二十岁以上的人肯神仙似的，无忧无虑的，随随便便的，在街上一边走一边吃花生，这个人将来要是作了宰相或度支部尚书，他是不会有官僚气与贪财的。他若是作了皇上，必是朴俭温和直爽天真的一位皇上，没错。吃瓜子的照例不在街上走着吃，所以我不给他保这个险。

至于家中要是有小孩，花生简直比什么也重要。不但可以吃，而且能拿它们玩。夹在耳唇上当环子，几个小姑娘就能办很大的一回喜事。小男孩若找不着玻璃球，花生也可以当弹儿。玩法还多着呢。玩了之后，剥开再吃，也还不脏。两个大子儿的花生可以玩半天；给他们些瓜子试试。

论样子，论味道，栗子其实满有势派。可是它没有落花生那点家常的"自己"劲。栗子跟人没有交情，仿佛是。核桃也不行，榛子就更显着疏远。落花生在哪里都有人缘，自天子以至庶人都跟它是朋友；这不容易。

在英国，花生叫作"猴豆"——Monkey nuts。人们到动物园去才带上一包，去喂猴子。花生在这个国里真不算很光荣，可是我亲眼看见去喂猴子的人——小孩就更不用提了——偷偷的也往自己口中送这猴豆。花生和苹果好像一样的有点魔力，假如你知道苹果的典故；我这儿确是用着典故。

美国吃花生的不限于猴子。我记得有位美国姑娘，在到中国来的时候，把几只皮箱的空处都填满了花生，大概凑起来总够十来斤吧，怕是到中国吃不着这种宝物。美国姑娘都这样重看花生，可见它确是有价值；按照哥伦比亚的哲学博士的辩证法看，这当然没有误。

花生大概还跟婚礼有点关系，一时我可想不起来是怎

个办法了；不是新娘子在轿里吃花生，不是；反正是什么什么春吧——你可晓得这个典故？其实花轿里真放上一包花生米，新娘子未必不一边落泪一边嚼着。

原载1935年1月20日《漫画生活》第五期

又是一年芳草绿

最乐观的人才敢作皇上,我没这份儿胆气。

悲观有一样好处,它能叫人把事情都看轻了一些。这个可也就是我的坏处,它不起劲,不积极。您看我挺爱笑不是?因为我悲观。悲观,所以我不能板起面孔,大喊:"孤——刘备!"我不能这样。一想到这样,我就要把自己笑毛咕了。看着别人吹胡子瞪眼睛,我从脊梁沟上发麻,非笑不可。我笑别人,因为我看不起自己。别人笑我,我觉得应该;说得天好,我不过是脸上平润一点的猴子。我笑别人,往往招人不愿意;不是别人的量小,而是不像我这样稀松,这样悲观。

我打不起精神去积极的干,这是我的大毛病。可是我不

懒，凡是我该作的我总想把它作了，纯为得点报酬养活自己与家里的人——往好了说，尽我的本分。我的悲观还没到想自杀的程度，不能不找点事作。有朝一日非死不可呢，那只好死喽，我有什么法儿呢？

这样，你瞧，我是无大志的人。我不想作皇上。最乐观的人才敢作皇上，我没这份儿胆气。

有人说我很幽默，不敢当。我不懂什么是幽默。假如一定问我，我只能说我觉得自己可笑，别人也可笑；我不比别人高，别人也不比我高。谁都有缺欠，谁都有可笑的地方。我跟谁都说得来，可是他得愿意跟我说；他一定说他是圣人，叫我三跪九叩报门而进，我没这个瘾。我不教训别人，也不听别人的教训。幽默，据我这么想，不是嬉皮笑脸，死不要鼻子。

也不是怎股子劲，我成了个写家。我的朋友德成粮店的写账先生也是写家，我跟他同等，并且管他叫二哥。既是个写家，当然得写了。"风格即人"——还是"风格即驴"？——我是怎个人自然写怎样的文章了。于是有人管我叫幽默的写家。我不以这为荣，也不以这为辱。我写我的。卖得出去呢，多得个三头五块的，买什么吃不香呢。卖不出去呢，拉倒，我早知道指着写文章吃饭是不易的事。

稿子寄出去，有时候是肉包子打狗，一去不回头；连个回信也没有。这，咱只好幽默；多喒见着那个骗子再说，见着他，大概我们俩总有一个笑着去见阎王的。不过，这是不很多见的，要不怎么我还没想自杀呢。常见的事是这个，稿子登出去，酬金就睡着了，睡得还是挺香甜。直到我也睡着了，它忽然来了，仿佛故意吓人玩。数目也惊人，它能使我觉得自己不过值一毛五一斤，比猪肉还便宜呢。这个咱也不说什么，国难期间，大家都得受点苦，人家开铺子的也不容易，掌柜的吃肉，给咱点汤喝，就得念佛。是的，我是不能当皇上，焚书坑掌柜的，咱没那个狠心，你看这个劲！不过，有人想坑他们呢，我也不便拦着。

这么一来，可就有许多人看不起我。连好朋友都说："伙计，你也硬正着点，说你是为人类而写作，说你是中国的高尔基；你太泄气了！"真的，我是泄气，我看高尔基的胡子可笑。他老人家那股子自卖自夸的劲，打死我也学不来。人类要等着我写文章才变体面了，那恐怕太晚了吧？我老觉得文学是有用的；拉长了说，它比任何东西都有用，都高明。可是往眼前说，它不如一尊高射炮，或一锅饭有用。我不能吆喝我的作品是"人类改造丸"。我也不相信把文学杀死便天下太平。我写就是了。

别人的批评呢？批评是有益处的。我爱着批评，它多少给我点益处；即使完全不对，不是还让我笑一笑吗？自己写的时候仿佛是蒸馒头呢，热气腾腾，莫名其妙。及至冷眼人一看，一定看出许多错来。我感谢这种指摘。说的不对呢，那是他的错，不干我的事。我永不驳辩，这似乎是胆小；可是也许是我的宽宏大量。我不便往自己脸上贴金。一件事总得由两面瞧，是不是？

对于我自己的作品，我不拿她们当作宝贝。是呀，当写作的时候，我是卖了力气，我想往好了写。可是一个人的天才与经验是有限的，谁也不敢保了老写的好，连荷马也有打盹的时候。有的人呢，每一拿笔便想到自己是但丁，是莎士比亚。这没有什么不可以的，天才须有自信的心。我可不敢这样，我的悲观使我看轻自己。我常想客观的估量估量自己的才力；这不易作到，我究竟不能像别人看我看得那样清楚；好吧，既不能十分看清楚了自己，也就不用装蒜。谦虚是必要的，可是装蒜也大可以不必。

对作人，我也是这样。我不希望自己是个完人，也不故意的招人家的骂。该求朋友的呢，就求；该给朋友作的呢，就作。作的好不好，咱们大家凭良心。所以我很和气，见着谁都能扯一套。可是，初次见面的人，我可是不大爱说话；

特别是见着女人，我简直张不开口，我怕说错了话。在家里，我倒不十分怕太太。可是对别的女人老觉着恐慌，我不大明白妇女的心理；要是信口开河的说，我不定说出什么来呢，而妇女又爱挑眼。男人也有许多爱挑眼的，所以初次见面，我不大愿开口。我最不喜辩论，因为红着脖子粗着筋的太不幽默。我最不喜欢好吹腾的人，可并不拒绝与这样的人谈话；我不爱这样的人，但喜欢听他的吹。最好是听着他吹，吹着吹着连他自己也忘了吹到什么地方去，那才有趣。

可喜的是有好几位生朋友都这么说："没见着阁下的时候，总以为阁下有八十多岁了。敢情阁下并不老。"是的，虽然将奔四十的人，我倒还不老。因为对事轻淡，我心中不大藏着计划，作事也无须耍手段，所以我能笑，爱笑；天真的笑多少显着年青一些。我悲观，但是不愿老声老气的悲观，那近乎"虎事"。我愿意老年轻轻的，死的时候像朵春花将残似的那样哀而不伤。我就怕什么"权威"咧，"大家"咧，"大师"咧，等等老气横秋的字眼儿们。我爱小孩，花草，小猫，小狗，小鱼；这些都不"虎事"。偶尔看见个穿小马褂的"小大人"，我能难受半天，特别是那种所谓聪明的孩子，让我难过。比如说，一群小孩都在那儿看变戏法儿，我也在那儿，单会有那么一两个七八岁的小老头儿说："这都是假的！"这

叫我立刻走开，心里堵上一大块。世界确是更"文明"了，小孩也懂事懂得早了，可是我还愿意大家傻一点，特别是小孩。假若小猫刚生下来就会捕鼠，我就不再养猫，虽然它也许是个神猫。

我不大爱说自己，这多少近乎"吹"。人是不容易看清楚自己的。不过，刚过完了年，心中还慌着，叫我写"人生于世"，实在写不出，所以就近的拿自己当材料。万一将来我不得已而作了皇上呢，这篇东西也许成为史料，等着瞧吧。

原载1935年3月6日《益世报·文学》

小动物们

生命仿佛是老在魔鬼与荒海的夹间儿,怎样也不好

　　鸟兽们自由的生活着,未必比被人豢养着更快乐。据调查鸟类生活的专门家说,鸟啼绝不是为使人爱听,更不是以歌唱自娱,而是占据猎取食物的地盘的示威;鸟类的生活是非常的艰苦。兽类的互相蚕食是更显然的。这样,看见笼中的鸟,或柙中的虎,而替它们伤心,实在可以不必。可是,也似乎不必替它们高兴;被人养着,也未尽舒服。生命仿佛是老在魔鬼与荒海的夹间儿,怎样也不好。

　　我很爱小动物们。我的"爱"只是我自己觉得如此;到底对被爱的有什么好处,不敢说。它们是这样受我的恩养好呢,还是自由的活着好呢?也不敢说。把养小动物们看成一

种事实，我才敢说些关于它们的话。下面的述说，那么，只是为述说而述说。

先说鸽子。我的幼时，家中很贫。说出"贫"来，为是声明我并养不起鸽子；鸽子是种费钱的活玩艺。可是，我的两位姐丈都喜欢玩鸽子，所以我知道其中的一点儿故典。我没事就到两家去看鸽，也不短随着姐丈们到鸽市去玩；他们都比我大着二十多岁。我的经验既是这样来的，而且是幼时的事，恐怕说得不能很完到了；有好多鸽子名已想不起来了。

鸽的名样很多。以颜色说，大概应以灰、白、黑、紫为基本色。可是全灰全白全黑全紫的并不值钱。全灰的是楼鸽，院中撒些米就会来一群；物是以缺者为贵，楼鸽太普罗。有一种比楼鸽小，灰色也浅一些的，才是真正的"灰"；但也并不很贵重。全白的，大概就叫"白"吧，我记不清了。全黑的叫黑儿，全紫的叫紫箭，也叫猪血。

猪血们因为羽色单调，所以不值钱，这就容易想到值钱的必是杂色的。杂色的种类多极了，就我所知道的——并且为清楚起见——可以分作下列的四大类：点子、乌、环、玉翅。点子是白身腔，只在头上有手指肚大的一块黑，或紫；尾是随着头上那个点儿，黑或紫。这叫作黑点子和紫点子。乌与点子相近，不过是头上的黑或紫延长到肩与胸部。这叫黑乌或紫乌。这种又有黑翅的或紫翅的，名铁翅乌或铜翅乌——这比单是乌又贵重一些。还有一种，只有黑头或紫头，而尾是白的，叫作黑乌头或紫乌头；比乌的价钱要贱一些。刚才说过了，乌的头部的黑或紫毛是后齐肩，前及胸的。假若黑或紫毛只是由头顶到肩部，而前面仍是白的，这便叫作老虎帽，因为很像廿年前通行的风帽；这种确是非常的好看，因而价值也就很高。在民国初年，兴了一阵子蓝乌和蓝乌头，头尾如乌，而是灰蓝色的。这种并不好看，出了一阵子风头也就拉倒了。

环，简单的很：全白而项上有一黑圈儿者叫墨环；反之，全黑而项上有白圈儿者是玉环。此外有紫环，全白而项上有一紫环。"环"这种鸽似乎永远不大高贵。大概可以这么说，白尾的鸽是不易与黑尾或紫尾的相抗，因为白尾的飞起来不大美。

玉翅是白翅边的。全灰而有两白翅是灰玉翅；还有黑玉翅、紫玉翅。所谓白翅，有个讲究：翅上的白翎是左七右八。能够这样，飞起来才正好，白边儿不过宽，也不过窄。能生成就这样的，自然很少，所以鸽贩常常作假，硬插上一两根，或拔去些，是常有的事。这类中又有变种：玉翅而有白尾的，比如一只黑鸽而有左七右八的白翅翎，同时又是白尾，便叫作三块玉。灰的、紫的,也能这样。要是连头也是白的呢便叫作四块玉了。四块玉是较比有些价值的。

在这四大类之外,还有许多杂色的鸽。如鹤袖,如麻背,都有些价值,可不怎么十分名贵。在北平,差不多是以上述的四大类为主。新种随时有,也能时兴一阵,可都不如这四类重要与长远。

就这四大类说,紫的老比别的颜色高贵。紫色不容易长到好处,太深了就遭猪血之诮,太浅了又黄不唧的寒酸。况且还容易长"花了"呢,特别是在尾巴上,翎的末端往往露出白来,像一块癣似的,把个尾巴就毁了。

紫以下便是黑,其次为灰。可是灰色如只是一点,如灰头、灰环,便又可贵了。

这些鸽中,以点子和乌为"古典的"。它们的价值似乎永远不变,虽然普通,可是老是鸽群之主。这么说吧,飞起四十只鸽,其中有过半的点子和乌,而杂以别种,便好看。反之,则不好看。要是这四十只都是点子,或都是乌,或点子与乌,便能有顶好的阵容。你几乎不能飞四十只环或玉翅。想想看吧:点子是全身雪白,而有个黑或紫的尾,飞起来像一群玲珑的白鸥;及至一翻身呢,那黑或紫的尾给这轻洁的白衣一个色彩深厚的裙儿,既轻妙而又厚重。假若是太阳在西边，而东方有些黑云，那就太美了：白翅在黑云下自然分外的白了；一斜身呢，黑尾或紫尾——最好是紫尾——迎着阳光闪起一些金光来！点子如是，乌也如是。白尾巴的，无论长得多么体面，飞起来没这种美妙，要不怎么不大值钱呢。铁翅乌或铜翅乌飞起来特别的好看，像一朵花，当中一块白，前后左右都镶着黑或紫，他使人觉得安闲舒适。可是铜翅乌几乎永远不飞，飞不起，贱的也是几十块钱一对吧。玩鸽子是满天飞洋钱的事，洋钱飞起去是不如在手里牢靠的。

可是，鸽子的讲究不专在飞，正如女子出头露脸不专仗着能跑五十米。它得长得俊。先说头吧，平头或峰头（峰读如凤；也许就是凤，而不是峰），便决定了身价的高低。所谓峰头或凤头的，是在头上有一撮立着的毛；平头是光葫芦。自然凤头的是更美，也更贵。峰——或凤——不许有杂毛，黑便全黑，紫便全紫，搀着白的便不够派。它得大，而且要像个荷包似的向里包包着。鸽贩常把峰的杂毛剔去，而且把不像荷包的收拾得像荷包。这样收拾好的峰，就怕鸽子洗澡，因为那好看的头饰是用胶粘的。

头最怕鸡头，没有脑杓儿，楞头磕脑的不好看。头须像算盘子儿，圆忽忽的，丰满。这样的头，再加上个好峰，便是标准美了。

眼,得先说眼皮。红眼皮的如害着眼病,当然不美。所以要强的鸽子得长白眼皮。宽宽的白眼皮,使眼睛显着大而有神。眼珠也有讲究,豆眼、隔棱眼,都是要不得的。可惜我离开鸽子们已廿多年,形容不上来豆眼等是什么样子了;有机会到北平去住几天,我还能把它们想起来,到鸽市去两趟就行了。

嘴也很要紧。无论长得多么体面的鸽,来个长嘴,就算完了事。要不怎么,有的鸽虽然很缺少,而总不能名贵呢;因为这种根本没有短嘴。鸽得有短嘴!厚厚实实的,小墩子嘴,才好看。

头部以外,就得论羽毛如何了。羽毛的深浅,色的支配,都有一定的。老虎帽的帽长到何处,虎头的黑或紫毛应到胸部的何处,都不能随便。出一个好鸽与出一个美人都是历史的光荣。

身的大小,随鸽而异。羽色单调一些的,像紫箭等,自然是越大越蠢,所以以短小玲珑为贵。像点子与乌什么的,个子大一点也不碍事。不过,嘴短,长得娇秀,自然不会发展得很粗大了,所以美丽的鸽往往是小个儿。大个子的,长嘴的,可也有用处。大个子的身强力壮翅子硬,能飞,能尾上戴鸽铃,所以它们是空中的主力军。别的鸽子好看，可供地上玩赏；这些老粗儿们是飞起来才见本事，故而也还被人爱。长翅也有用，孵小鸽子是它们的事：它们的嘴长，"喷"得好——小鸽不会自己吃东西，得由老鸽嘴对嘴的"喷"。再说呢，喷的时候，老的胸部羽毛便糙了；谁也不肯这么牺牲好鸽。好鸽下的蛋，总被人拿来交与丑鸽去孵，丑鸽本来不值钱，身上糙旧一点也没关系。要作鸽就得美呀，不然便很苦了。

　　有的丑鸽，仿佛知道自己的相貌不扬，便长点特别的本事以与美鸽竞争。有力气戴大鸽铃便是一例。可是有力气还不怎样新奇，所以有的能在空中翻跟头。会翻跟头的鸽在与朋友们一块飞起的时候，能飞着飞着便离群而翻几个跟头，然后再飞上去加入鸽群，然后又独自翻下来。这很好看，假若他是白色的，就好像由蓝空中落下一团雪来似的。这种鸽的身体很小，面貌可不见得美。他有个标帜，即在项上有一小撮毛，倒长着。这一撮倒毛好像老在那儿说："你瞧，我会翻跟头！"这种鸽还有个特点，脚上有毛，像诸葛亮的羽扇似的。一走，便扑喳扑喳的，很有神气。不会翻跟头的可也有时候长着毛脚。这类鸽多半是全灰全白或全黑的。羽毛不佳，可是有本事呢。

　　为养毛脚鸽，须盖灰顶的房，不要瓦。因为瓦的棱儿往

往伤了毛脚而流出血来。

哎呀！我说"先说鸽子"，已经三千多字了，还没说完！好吧，下回接着说鸽子吧，假若有人爱听。我的题目《小动物们》，似乎也有加上个"鸽"的必要了。

载1935年3月《人间世》第二十四期

小动物们（鸽）续

有时候眼看着你自己家中孵出的幼鸽，飞到别家去，其伤心不亚于丢失了儿女

养鸽正如养鱼，养鸟，要受许多的辛苦。"不苦不乐"，算是说对了。不过，养鱼，养鸟较比养鸽还和平一些；养鸽是斗气的事。是，养鸟也有时候怄气，可鸟究竟是在笼子里，跟别的鸟没有直接的接触。鸽子是满天飞的。张家的也飞，李家的也飞，飞到一处而裹乱了是必不可免的。这就得打架。因此，玩别的小玩艺用不着法律，养鸽便得有。这些法律虽不是国家颁布的，可是在玩鸽的人们中间得遵守着。比如说吧，我开始养鸽子，我就得和四邻的"鸽家"们开谈判。交情好的呢，可以规定：彼此谁也不要谁的鸽；假若我的鸽被友家裹了去，他还给我送回来；我对他也这样。这就免去许

一啄复三顾
虑为物所阚

闲庭有馀粒　寒雀往还飞
眄睐旁无人　翻集下谏难
一啄复三顾　虑为物所窥
幽人负瞳生　玩之淡忘机
元　王恽诗

丰子恺画，叶恭绰书。《护生画集》（第3集）
（上海大法轮书局1950年2月初版）。

多战争。假若两家说不来呢,那就对不起了,谁得着是谁的,战争可就无可避免了。有这样的敌人,养鸽等于斗气。你不飞,我也不飞;你的飞起来,我的也马上飞起去,跟你"撞"!"撞"很过瘾,两个鸽阵混成一团,合而复分,分而复合;一会儿我"拉过"你的来,一会儿你又"拉过"我的去,如看拔河一样起劲。谁要是能"得过"一只来,落在自己的房上,便设法用粮食引诱下来,算做自己的战胜品。可是,俘虏是在房上,时时可以飞去;我可就下了毒手,用弩打下来,假若俘虏不受引诱而要逃走。打可得有个分寸,手法要好,讲究恰好打在——用泥弹——鸽的肩头上。肩头受伤,没有性命的危险,可是失了飞翔的能力。于是滚下房来,我用网接住;将养几天,便能好过来。手法笨的,弹中胸部,便一命呜呼;或是弹子虚发,把鸽惊走,是谓泄气。

"撞"实过瘾,可也别扭,我没法训练新鸽与小鸽了。新鸽与小鸽必须有相当的训练才认识自己的家,与见阵不迷头。那么,我每放起鸽去,敌人也必调动人马,那我简直没有训练新军的机会;大胆放出生手,准保叫人家给拉了去。于是,我得早早地起,敛旗息鼓地一声不出地去操练新军。敌人也会早起呀,这才真叫怄气!得设法说和了,要不然简直得出人命了。

哼，说和却不容易。比如我只有三十只能征惯战的鸽，而敌人有八十只，他才不和我开和平会议呢。没办法，干脆搬家吧。对这样的敌人，万幸我得过他一只来，我必定拿到鸽市去卖；不为钱，为是羞辱他。他也准知道我必到鸽市去，而托鸽贩或旁人把那只买回去，他自己没脸来和我过话。

即使没这种战争，养鸽也非养气之道；鸽时时使你心跳。这么说吧，我有点事要出门，刚走到巷口，见天上有只鸽，飞得两翅已疲，或是惊惶不定，显系飞迷了头；我不能漏这个空，马上飞跑回家，放起我的鸽来裹住这只宝贝。有天大的事也得放下。其实得到手中，也许是只最老丑的糟货，可是多少是个幸头，不能轻易放过。养鸽的人是"满天飞洋钱，两脚踩狗屎"，因为老仰首走路也。

训练幼鸽也是很难放心的事，特别是经自己的手孵出来的。头几次飞，简直没把握，有时候眼看着你自己家中孵出的幼鸽飞到别家去，其伤心不亚于丢失了儿女。

最难堪的是闹"鸦虎子"。"鸦虎子"是一种小鹰，秋冬之际来驻北平，专欺侮鸽子。在这个时节，养鸽的把鸽铃都撤下来，以免鸦虎闻声而来，在放鸽以前，要登高一望，看空中有无此物。及至鸽已飞起，而神气不对，忽高忽低，不正经着飞，便应马上"垫"起一只，使大家落下，以免危险；

大概远处有了那个东西。不幸而鸦虎已到，那只有跺脚，而无办法。鸦虎子捉鸽的方法是把鸽群"托"到顶高，高得几乎像燕子那么小了，它才绕上去，单捉一只。它不忙，在鸽群下打旋，鸽们只好往高处飞了。越飞越高，越飞越乏；然后鸦虎猛地往高处一钻，鸽已失魂，紧跟着它往下一"砸"，群鸽屁滚尿流，一直地往下掉。可是鸦虎比它们快。于是空中落下一些羽毛，它捉一只，找清静地方去享受。其余的幸得逃命，不择地而落，不定都落到哪里去呢！幸而有几只碰运气落在家中的房上，亦只顾喘息，如呆如痴，非常的可怜。这个，从始至终，养鸽的是目不敢瞬地看着；只是看着，一点办法没有！鸦虎已走，养鸽的还得等着，等着失落的鸽们回来。一会儿飞回来一只，又待一会儿又回来一只。可是等来等去，未必都能回来，因惊破了胆的鸽是很容易被别家得去的。检点残军，自叹晦气，堂堂七尺之躯会干不过个小小的鸦虎子！

　　普通的飞法是每天飞三次，每飞一次叫做"一翅"。三次的支配大概是每日的早晚中三时，这随天气的冷暖而变动。夏日太热，早晚为宜，午间即不放鸽；冬日自然以午间为宜，因为暖和些。夏天的鸽阵最好看，高处较凉一些，鸽喜高飞；而且没有鸦虎什么的，鸽飞得也稳；鸦虎是到别处去避暑了。

每要飞一翅,是以长竿——竿头拴些碎布或鸡毛——一挥,鸽即飞起。飞起的都是熟鸽,不怕与别家的"撞"。其中最强者,尾系鸽铃,为全军奏乐。飞起来,先擦着房,而后渐次高升,以家中为中心来回地旋转。鸽不在多少,飞起来讲究尾彩配合的好,"盘儿"——即鸽阵——要密,彼此的距离短而旋转得一致。这样有盘儿有精神,悦目。盘儿大而松懈,东一个西一个地乱飞,则招人讥诮。当盘儿飞到相当的时间,则当把生鸽或幼鸽掷于房上,盘儿见此,则往下飞。如欲训练生鸽或幼鸽,即当盘儿下落之际续入,随盘儿飞转几圈儿,就一齐落于房上,以免丢失。以一鸽或二鸽掷于房上,招盘儿下来,叫做"垫"。

老鸽不限于随盘儿飞,有时被主人携到十数里之外去放,仍能飞回来。有时候卖出去,过一两月还能找到了老家。

养鸽的人家,房脊上摆琉璃瓦两三块,一黄二绿,或二绿一黄,以作标帜。鸽们记得这个颜色与摆法,即不往生地方落。

新鸽买来,用线拢住翅,以防飞走。过几天,把翅松开些,使能打扑噜而不能高飞,掷之房上,使它认识环境。再过几天,看鸽性是强烈还是温柔而决定松绑的早晚。老鸽绑的日久,幼鸽绑的期短。松绑以后,就可以试着训练了。

鸽食很简单，通常都用高粱。到换毛的时候或极冷的时候才加些料豆。每天喂鸽最好有一定的次数。

住处也不须怎么讲究，普通的是用苇扎成个栅子，栅里再砌起窝来，每一窝放一草筐，够一对鸽住的。最要紧的是要干燥和安全。窝门不结实，或砌的不好，黄鼠狼就会半夜来偷鸽吃。窝干燥清洁，鸽不易得病；如得起病来，传染的很快，那可了不得。

该说鸽市。

对于鸽的食水，我没详说，因为在重要的点上大家虽差不多，可是每人都有自己的手法，不能完全相同；既是玩吗，个人总设法证明自己的方法最好。谈到鸽市，规矩可就是普通的了，示奇立异是行不通的。

在我幼时，天天有鸽市。我记得好像是这样：逢一五是在护国寺的后身，二六是在北新桥，三是土地庙，四是花市，七八是西城车儿胡同，九十是隆福寺外。每逢一五，是否在护国寺后身，我不敢说准了；想了半天，也想不起来。

鸽贩是每天必上市的。他们大约可分三种：第一种是阔手，只简单地拿着一个鸽笼，专买卖中上等的鸽子。第二种，挑着好几个笼，好歹不论，有利就买就卖。第三种是专买破鸽，雏鸽与鸽蛋——送到饭庄当菜用。我最不喜欢这第三种，

鸽子一到他们手里就算无望了。顶可怜是雏鸽，羽毛还没长全，可是已能叫人看出是不成材料的货，便入了死笼。雏鸽哆嗦着，被别的鸽压在笼底上，极细弱地叫着！再过几点钟便成了盘中的菜了。

此外，还有一种暗中做买卖而不叫别人知道的，这好像是票友使黑杵，虽已拿钱而不明言。这种人可不甚多。

养鸽的人到市上去，若是卖鸽，便也是提笼。若是去买鸽，既不知准能买到与否，自然不必拿着笼去。只去卖一二只鸽，或是买到一二只，既未提笼，就用手绢捆着鸽。

买鸽的时候，不见得准买一对。家中有只雄的，没有伴儿，便去买只雌的；或者相反。因此，卖鸽的总说"公儿欢，母儿消"。所谓"欢"者，就是公鸽正想择配，见着雌的便咕咕地叫着追求。所谓"消"者，是雌鸽正想出嫁，有公鸽向她求爱，她就点头接受。买到欢公或消母，拿到家中即能马上结婚，不必费事。欢与消可以——若是有笼——当面试验。可是，市上的鸽未必雄的都欢，雌的都消。况且有时两雄或两雌放在一处而充作一对卖。这可就得看买主的眼睛了。你本想去买一只欢公，而市上没有；可是有一只，虽不欢，但是合你的意。那么，也就得买这一只；现在不欢，过几天也许就欢起来。你怎么知道那是个公的呢？为买公鸽而去，却买了只母的回来，岂不窝囊得慌！市上是不甚讲道德的，没眼睛的就要受骗。

看鸽是这样的：把鸽拿在左手中，拢着鸽的翅与腿，用右手去托一托鸽的胸。鸽在此时，如瞪眼，即是公；眨眼的，即是母。头大的是公，头小的是母。除辨别公母，鸽在手中也能觉出挺拔与否。真正的行家，拿起鸽来，还能看出鸽的血统正不正来，有的鸽，外表很好，而来路不正，将来下蛋孵窝，未必还能出好鸽。这个，我可不大深知；我没有多少经验。

看完了头部，要用手捋一捋鸽翅，看翅活动与否，有力没有，与是否有伤——有的鸽是被弩弹打过而翅子僵硬不灵的。对于峰，尾，都要吹一吹，细看看；恐怕是假作的。都看好了，才讲价钱。半日之中，鸽受罪不少。所以真正好鸽，如鸽市上去卖，便放在笼内，只准看，不准动手。这显着硬气，可是鸽子的身分得真高；假如弄只破鸽而这么办，必会被人当笑话说。还有呢，好鸽保养的好，身上有一层白霜儿，像葡萄霜儿那样好看，经手一摸，便把霜儿蹭了去；所以不许动手。可是好鸽上市，即使不许人动，在笼中究竟要受损失，尾巴是最易磨坏的。所以要出手好鸽往往把买主请到家中来看，根本不到市上去。因此，市上实在见不着什么值钱

的鸽子。

关于鸽，我想起这么些来，离详尽还远得很呢。就是这一点，恐怕还有说错了的地方；二十多年前的事是不易老记得很清楚的。

现在，粮食贵，有闲的人也少了，恐怕就还有养鸽的也不似先前那样讲究了。可是这也没什么可惜。我只是为述说而述说，倒不提倡什么国鸟，国鸽的。

原载1935年4月《人间世》第二十六期

我的暑假

> 于是生活成了老驴拉磨式的,一年到头的老转圈儿

暑假是我最忙的时候。有十年了吧,我没有歇过夏。平均的算来,过去的十年中,每年写出一本十万字上下的小说,都是在暑假里写的。即使不能写完,大部分总是在暑假中写成的。

这样,我总得感谢我的职业。设若我不当教书匠,而是,比如说,当邮差或银行的行员,我一定得不到这么长的暑假,也就找不出时间来写小说。同时,我对于教书又感到痛苦:既教书,就得卖力气,不管自己的学识如何,总求无愧于心。这么着,平日的时间便完全花费在上课与预备功课上,非到暑假不能拿笔写自己的东西。暑假本该休息,我反忙起来,

于是生活成了老驴拉磨式的,一年到头的老转圈儿。我的身体自幼儿就不强壮,这样拉磨更不会有健壮起来的希望。我真盼望能爽快的休息一个暑假,假如还得教书的话;或者完全不教书而去专心写作。不过呢,经济的压迫使我不敢放弃教书;同时,趣味所在又使我不忍完全放弃写作。啊!恐怕一二年内,我还得拉磨吧,往好里说,这叫作努力;实际说来,这是"玩命"!

暑假快到,我又预备拿笔了,努力还是玩命?谁管它,活一天干一天的活吧。

原载1936年6月《青年界》第十卷第一号

钢笔与粉笔

钢笔头儿下什么都有。要哭它便有泪,要

乐它就会笑

钢笔头儿已生了锈,因为粉笔老不离手。拿粉笔不是个好营生,自误误人是良心话,而良心扭不过薪水去。钢笔多么有意思:黑黑的管,尖尖的头,既没粉末,又不累手。想不起字来,沾沾墨水,或虚画几个小圈儿;如在灯下,笔影落纸上似一烛苗。想起来了,刷刷写下去,笔道圆,笔尖滑,得心应手,如蜻蜓点水,轻巧健丽。写成一气,心眼俱亮,急点上香烟一支,意思冉潮,笔尖再动,忙而没错,心在纸上,纸滑如油,乐胜于溜冰。就冲这点乐趣,好像为文艺而牺牲就值得,至少也对得起钢笔。

钢笔头儿下什么都有。要哭它便有泪,要乐它就会笑,

要远远在天边，要美美如雪后的北平或春雨中的西湖。它一声不出，可是能代达一切的感情欲望，而且不慌不忙，刚完一件再办一件；笔尖老那么湿润润的，如美人的唇。

可是，我只能拿粉笔！特别是这半年，因这半年特别的忙。可以说是一个字没有写，这半年！毛病是在哪里呢？钢笔有一个缺点。一个很大的缺点。它——不——能——生——钱！我只能瞪着眼看它生锈，它既救不了我，我也救不了它。它不单喝墨水，也喝脑汁与血。供给它血的得先造血，而血是钱变的。我喂不起它呀！粉笔比它强，我喂它，它也喂我。钢笔不能这个。虽然它是那么可爱与聪明。它的行市是三块钱一千字，得写得好，快，应时当令，而且不激烈，恰好立于革命与不革命之间，政治与三角恋爱之外，还得不马上等着钱用。它得知道怎样小心，得会没墨水也能写出字，而且写得高明伟大；它应会办的事太多了，它的报酬可只是三块钱一千字与比三块钱还多一些的臭骂。

钢笔是多么可爱的东西呢，同时又是多么受气的玩艺啊！因为钢笔是这样，那么写东西不写也就没什么关系了。任它生锈，我且拿粉笔找黑板去者！

原载1935年12月15日《益世报·益世小品》

歇夏（也可以叫作"放青"）

短篇？也不能写！说起来话就又长了

马国亮先生在这个月里(六月)给我两封信。"文人相重"，我必须说他的信实在写的好：文好，字好，信纸也好，可是，这是附带的话；正文是这么回事：第一封信，他问我的小说写得怎样了？说起来话长，我在去年春天就向赵家璧先生透了个口话，说我要写一部长篇小说，内中的主角儿是两位镖客，行侠作义，替天行道，十八般武艺件件精通，可是到末了都死在手枪之下。我的意思是说时代变了，单刀赴会，杀人放火，手持板斧把梁山上，都已不时兴；二大刀必须让给手枪，而飞机轰炸城池，炮舰封锁海口，才够得上摩登味。这篇小说，假如能写成了的话，一方面是说武侠与大刀早该

一齐埋在坟里,另一方面是说代替武侠与大刀的诸般玩艺不过是加大的杀人放火,所谓鸟枪换炮者是也,只显出人类的愚蠢。

春天过去,接着就是夏天,我到上海走了一遭,见着了赵先生。他很愿意把这本东西放在《良友丛书》里。由上海回来,我就开始写,在去年寒假中,写成了五六千字。这五六千字中没有几个体面的,开学以后没工夫续着写,就把它放在一边儿。大概是今年春天吧,我在一本刊物上看到一个短篇小说,所写的事与我想到的很相近。大家往往思想到同样的事,这本不出奇,可是我不愿再写了。一来是那写成的几千字根本不好,二来是别人写过的,虽然还可以再写,可是究竟差着点劲,三来是我想在夏天休息休息。

马先生所问的小说,便是指此而言。我写去回信,说今夏休息,打退堂鼓。过了几天,他的第二封信来到,还是文好,字好,信纸也好;还是"文人相重"。这封信里,他允许,并且夸奖我应当休息,可是在休息之前必须给良友写一个短篇。

短篇?也不能写!说起来话就又长了。在春间我还答应下给别的朋友写些故事呢——这都得在暑假里写,因为平日找不到"整"工夫。既然决定休息,那么不写就都不写,不能有偏向。况且我不愿，也不应当，向自己失信，怎么说呢，这才到了我的正题。请往下看：

我最爱写作，一半是为挣钱，一半因为有瘾。我乃性急之人，办事与洗澡具同一风格，西里哗拉一大回，永不慢腾腾的，对于作文，也讲快当；但作文到底不是洗澡，虽然回回满头大汗，可是不见得能回回写得痛快淋漓。只有在这种时候，就是写完一篇或一段而觉得不满意的时候，我才有耐心，修改，或甚至从头另写。此耐心是出于有瘾。

大概有八年了吧，暑假没休息过，一年之中，只有暑假是写东西的好时候，可以一气写下十几万字。暑天自然是很热了，我不怕；天热，我的心更热，老天爷也得被我战败，因为我有瘾呀。

自幼儿我的身体就很弱，这个瘾自然不会使身体强壮起来。胃病，肺病，头疼，肚疼，什么病都闹过。单就肺病来说，我曾患到第七八期。过犹不及，没吃药，没休息它自己好了。胃病也很厉害，据一位不要我的诊金的医生说，我的胃已掉下一大块去。我慌了！要是老这么往下坠，说不定有朝一日胃会由腹中掉出去的，非吃药不可了。而药也真灵，喝了一瓶，胃居然又回到原来的位置，像气球往上升似的，我觉得。

虽然闹过这些病,我可是没死过一回。这个,又不能不说是"写瘾"的好处了。写作使我胃弱,心跳,头疼;同时也使我小心。该睡就去睡,该运动就去运动;吃喝起卧差不多都有规律。于是虽病而不至于死;就是不幸而死,也是卫生的。真的,为满足这个瘾,我一点也不敢大意,决不敢去瞎胡闹,虽然不是不想去瞎胡闹。因此,身体虽弱,可是心中有个老底儿——我的八字好,不至于短命。我维持住了生活的平衡:弱而不至作不了事,病而不至出大危险,如薄云掩月,不明亦不极暗。就是在这种境界中,八年来在作事之外还写了不少的东西!好也罢,歹也罢,总算过了瘾。

近来我吃饭很香,走路很有劲,睡得也很实在;可是有一样,我写不上劲来。莫非八期肺病又回来了?不能吧:吃得香,睡得好,说话有力,怎能是肺病呢!?大概是疲乏了;就是头驴吧,八年不歇着,不是也得出毛病吗?好吧,今年楞歇它一回,何必一定跟自己叫劲呢。长篇短篇一概不写,如骆驼到口外"放青",等秋后膘肥肉满再干活。况且呢,今年是住在青岛,不休息一番也对不起那青山绿水。就此马上休息去者!

马先生和我要短篇,不能写,这回不能再向自己失信。说休息就去休息。

把这点经过随便的写在这里，马先生要是肯闭闭眼，把这个硬算作一篇小说，那便真感激不尽了，就手儿也对读者们说一声，假若几个月里见不到我的文字，那并非就是我已经死去，我是在养神呀。

代柬

老舍先生：你的稿子不能当小说，虽然我闭了几次眼。可确是一篇很切题的消夏随笔，所以正好在这里发表。你说的长篇是赵先生向你要的，我要的却不是那个。那天晚上我陪你在新亚等朋友，我曾向你给"良友"定货——短篇小说。那时天气实在很热，大概你后来就把我那定单化汗飞了，所以现在忘得干干净净。现在你既然歇夏，只好暂时饶你过个舒服的夏天，好在你并非已经死去，到了秋凉，你可不能再抵赖，得把这张空头支票快快兑现。

编者

原载1935年7月15日《良友画报》第一〇七期

想北平

哼，美国的桔子包着纸；遇到北平的带霜儿的玉李，还不愧杀

设若让我写一本小说，以北平作背景，我不至于害怕，因为我可以捡着我知道的写，而躲开我所不知道的。让我单摆浮搁的讲一套北平，我没办法。北平的地方那么大，事情那么多，我知道的真觉太少了，虽然我生在那里，一直到廿七岁才离开。以名胜说，我没到过陶然亭，这多可笑！以此类推，我所知道的那点只是"我的北平"，而我的北平大概等于牛的一毛。

可是，我真爱北平。这个爱几乎是要说而说不出的。我爱我的母亲。怎样爱？我说不出。在我想作一件事讨她老人家喜欢的时候，我独自微微的笑着；在我想到她的健康而不

放心的时候,我欲落泪。言语是不够表现我的心情的,只有独自微笑或落泪才足以把内心揭露在外面一些来。我之爱北平也近乎这个。夸奖这个古城的某一点是容易的,可是这就把北平看得太小了。我所爱的北平不是枝枝节节的一些什么,而是整个与我的心灵相粘合的一段历史,一大块地方,多少风景名胜,从雨后什刹海的蜻蜓一直到我梦里的玉泉山的塔影,都积凑到一块,每一小的事件中有个我,我的每一思念中有个北平,这只有说不出而已。

真愿成为诗人,把一切好听好看的字都浸在自己的心血里,像杜鹃似的啼出北平的俊伟。啊!我不是诗人!我将永远道不出我的爱,一种像由音乐与图画所引起的爱。这不但是辜负了北平,也对不住我自己,因为我的最初的知识与印象都得自北平,它是在我的血里,我的性格与脾气里有许多地方是这古城所赐给的。我不能爱上海与天津,因为我心中有个北平。可是我说不出来!

伦敦,巴黎,罗马与堪司坦丁堡[1],曾被称为欧洲的四大"历史的都城"。我知道一些伦敦的情形;巴黎与罗马只是到过而已;堪司坦丁堡根本没有去过。就伦敦,巴黎,罗

---

1 堪司坦丁堡:君士坦丁堡,今译:伊斯坦布尔。

马来说,巴黎更近似北平——虽然"近似"两字要拉扯得很远——不过,假使让我"家住巴黎",我一定会和没有家一样的感到寂苦。巴黎,据我看,还太热闹。自然,那里也有空旷静寂的地方,可是又未免太旷;不像北平那样既复杂而又有个边际,使我能摸着——那长着红酸枣的老城墙!面向着积水潭,背后是城墙,坐在石上看水中的小蝌蚪或苇叶上的嫩蜻蜓,我可以快乐的坐一天,心中完全安适,无所求也无可怕,像小儿安睡在摇篮里。是的,北平也有热闹的地方,但是它和太极拳相似,动中有静。巴黎有许多地方使人疲乏,所以咖啡与酒是必要的,以便刺激;在北平,有温和的香片茶就够了。

论说巴黎的布置已比伦敦罗马匀调的多了,可是比上北平还差点事。北平在人为之中显出自然,几乎是什么地方既不挤得慌,又不太僻静:最小的胡同里的房子也有院子与树;最空旷的地方也离买卖街与住宅区不远。这种分配法可以算——在我的经验中——天下第一了。北平的好处不在处处设备得完全,而在它处处有空,可以使人自由的喘气;不在有好些美丽的建筑,而在建筑的四周都有空闲的地方,使它们成为美景。每一个城楼,每一个牌楼,都可以从老远就看见。况且在街上还可以看见北山与西山呢!

好学的,爱古物的,人们自然喜欢北平,因为这里书多古物多。我不好学,也没钱买古物。对于物质上,我却喜爱北平的花多菜多果子多。花草是费钱的玩艺,可是此地的"草花儿"很便宜,而且家家有院子,可以花不多的钱而种一院子花,即使算不了什么,可是到底可爱呀。墙上的牵牛,墙根的靠山竹与草茉莉,是多么省钱省事而也足以招来蝴蝶呀!至于青菜,白菜,扁豆,毛豆角,黄瓜,菠菜等等,大多数是直接由城外担来而送到家门口的。雨后,韭菜叶上还往往带着雨时溅起的泥点。青菜摊子上的红红绿绿几乎有诗似的美丽。果子有不少是由西山与北山来的,西山的沙果,海棠,北山的黑枣,柿子,进了城还带着一层白霜儿呀!哼,美国的桔子包着纸;遇到北平的带霜儿的玉李,还不愧杀!

是的,北平是个都城,而能有好多自己产生的花,菜,水果,这就使人更接近了自然。从它里面说,它没有像伦敦的那些成天冒烟的工厂;从外面说,它紧连着园林,菜圃与农村。采菊东篱下,在这里,确是可以悠然见南山的;大概把"南"字变个"西"或"北",也没有多少了不得的吧。像我这样的一个贫寒的人,或者只有在北平能享受一点清福了。

好,不再说了吧;要落泪了,真想念北平呀!

原载1936年6月16日《宇宙风》第十九期

婆婆话

恋爱可以自由，结婚无自由

  一位友人从远道而来看我，已七八年没见面，谈起来所以非常高兴。一来二去，我问他有了几个小孩？他连连摇头，答以尚未有妻。他已三十五六，还作光棍儿，倒也有些意思；引起我的话来，大致如下：

  我结婚也不算早，作新郎时已三十四岁了。为什么不肯早些办这桩事呢？最大的原因是自己挣钱不多，而负担很大，所以不愿再套上一份儿麻烦，作双重的马牛。人生本来是非马即牛，不管是贵是贱，谁也逃不出衣食住行，与那油盐酱醋。不过，牛马之中也有些性子刚硬的，挨了一鞭，也敢回敬一个别扭。合则留，不合则去，我不能在以劳力换金钱之外，还赔上狗事巴结人，由马牛降作走狗。这么一来，随时有卷起铺盖滚蛋的可能，也就得有些准备：积极的是储蓄俩钱，以备长期抵抗；消极的是即使挨饿，独身一个总不致灾情扩大。所以我不肯结婚。卖国贼很可以是慈父良夫，错处是只尽了家庭中的责任，而忘了社会国家。我的不婚，越想越有理。

及至过了三十而立，虽有桌椅板凳亦不敢坐，时觉四顾茫然。第一个是老母亲的劝告，虽然不明说："为了养活我，你牺牲了自己，我是怎样的难过！"可是再说硬话实在使老人难堪；只好告诉母亲：不久即有好消息。君子一言，驷马难追；一透口话，就满城风雨。朋友们不论老少男女，立刻都觉得有作媒的资格，而且说得也确是近情近理；平日真没想到他们能如此高明。最普遍而且最动听的——不晓得他们都是从哪儿学来的这一套？——是：老光棍儿正如老姑娘。独居惯了就慢慢养成绝户脾气——万要不得的脾气！一个人，他们说，总得活泼泼的，各尽所长，快活的忙一辈子。因不婚而弄得脾气古怪，自己苦恼，大家不痛快，这是何苦？这个，的确足以打动一个卅多岁，对世事有些经验的人！即使我不希望升官发财，我也不甘成为一个老别扭鬼。

那么经济问题呢？我问他们。我以为这必能问住他们，因为他们必不会因为怕我成了老绝户而愿每月津贴我多少钱。哼,他们的话更多了。第一,两个人的花销不必比一个人多到哪里去;第二,即使多花一些,可是苦乐相抵,也不算吃亏;第三,找位能挣些钱的女子,共同合作,也许从此就富裕起来;第四,就说她不能挣钱,而且多花一些,人生本来是经验与努力,不能永远消极的防备,而当努力前进。

说到这里,他们不管我相信这些与否,马上就给我介绍女友了。仿佛是我决不会去自己找到似的。可是,他们又有文章。恋爱本无须找人帮忙,他们晓得;不过,在恋爱期间,理智往往弱于感情;一旦造成了将错就错的局面,必会将恩作怨,糟糕到底。反之,经友人介绍,旁观者清,即使未必准是半斤八两,到底是过了磅的有个准数。多一番理智的考核,便少一些感情的瞎碰。双方既都到了男大当娶,女大当聘之年,而且都愿结婚,一经介绍,必定郑重其事的为结婚而结婚,不是过过恋爱的瘾,况且结婚就是结婚;所谓同居,所谓试婚,所谓解决性欲问题,原来都是这一套。同居而不婚,也得两人吃饭,也得生儿养女;并不因为思想高明,而可以专接吻,不用吃饭!

我没了办法。你一言,我一语,说得我心中闹得慌。似乎只有结婚才能心静,别无办法。于是我就结了婚。

到如今，结婚已有五年，有了一儿一女。把五年的经验和婚前所听到的理论相证，倒也怪有个味。

第一该说脾气。不错，朋友们说对了：有了家，脾气确是柔和了一些。我必定得说，这是结婚的好处。打算平安的过活必须采纳对方的意见，阳纲或阴纲独振全得出毛病；男女同居，根本需要民治精神，独裁必引起革命；努力于此种革命并不足以升官发财，而打得头破血出倒颇悲壮而泄气。彼此非纳着点气不可，久而久之都感到精神的胜利，凡事可以和平解决，夫妇俱可成圣矣。

这个，可并不能完全打倒我在婚前的主张：独身气壮，天不怕地不怕；结婚气馁，该瞅着的就得低头。我的顾虑一点不算多此一举。结了婚，脾气确是柔和了，心气可也跟着软下来。为两个人打算，绝不会像一人吃饱天下太平那么干脆。于是该将就者便须将就，不便挺起胸来大吹浩然之气，恋爱可以自由，结婚无自由。

朋友们说对了。我也并没说错。这个，请老兄自己去判断，假如你想结婚的话。

第二该说经济。现在，如果再有人对我说，俩人花钱不见得比一人多，我一定毫不迟疑的敬他一个嘴巴子。俩人是俩人，多数加S，钱也得随着加S。是的，太太可以去挣钱，

俩人比一人挣的多；可是花得也多呀。公园，电影场，绝不会有"太太免票"的办法，别的就不用说了。及至有了小孩，简直的就不能再有什么预算决算，小孩比皇上还会花钱。太太的事不能再作，顾了挣钱就顾不了小孩，因挣钱而把小孩养坏，照样的不上算；好，太太专看小孩，老爷专去挣钱，小孩专管花钱，不破产者鲜矣。

自然小孩会带来许多快乐，作了父母的夫妻特别的能彼此原谅，而小胖孩子又是那么天真可爱。单单的伸出一个胖手指已足使人笑上半天。可是，小胖子可别生病；一生病，爸的表，娘的戒指，全得暂入当铺，而且昼夜吃不好，睡不安，不亚于国难当前。割割扁桃腺，得一百块！幸亏正是扁桃腺，这要是整个的圆桃，说不定就得上万！以我自己说，我对儿女总算不肯溺爱，可是只就医药费一项来说，已经使我的肩背又弯了许多。有病难道不给治么？小孩真是金子堆成的。这还没提到将来的教育费——谁敢去想，闭着眼瞎混吧！

有人会说喽，结婚之后顶好不要小孩呀。不用听那一套。我看见不少了，夫妻因为没有小孩而感情越来越坏，甚至去抱来个娃娃，暂时敷衍一下。有小孩才像家庭；不然，家庭便和旅馆一样。要有小孩，还是早些有的为是。一来，妇女岁数稍大，生产就更多危险；二来，早些有子女，虽然花费很多，可是多少能早些有个打算，即使计划不能实现，究竟想有个准备；一想到将来，便想到子女，多少心中要思索一番，对于作事花钱就不能不小心。这样，夫妇自自然然的会老成一些了，要按着老法子说呢，父母养活子女，赶到子女长大便倒过头来养活父母。假如此法还能适用，那么早有小孩，更为上算。假如父亲在四十岁上才有了儿子，儿子到二十的时候，父亲已经六十了；说不定，也许活不到六十的；即使儿子应用古法，想养活父亲，而父亲已入了棺材，哪能喝酒吃饭？

这个，朋友，假若你想结婚的话，又该去思索一番。娶妻需花钱，生儿养女需花钱，负担日大，肩背日弯，好不伤心；同时，结婚有益，有子也有乐趣，即使乐不抵苦，可是生命至少不显着空虚。如何之处，统希鉴裁！

至于娶什么样的太太，问题太大，一言难尽。不过，我看出这么点来：美不是一切。太太不是图画与雕刻，可以用审美的态度去鉴赏。人的美还有品德体格的成分在内。健壮比美更重要。一位爱生病的太太不大容易使家庭快乐可爱。学问也不是顶要紧的，因为有钱可以自己立个图书馆，何必一定等太太来丰富你的或任何人的学问？据我看，结婚是关

系于人生的根本问题的；即使高调很受听，可是我不能不本着良心说话，吃，喝，性欲，繁殖，在结婚问题中比什么理想与学问也更要紧。我并不是说妇人应当只管洗衣作饭抱孩子，不应读书作事。我是说，既来到婚姻问题上，既来到家庭快乐上，就乘早不必唱高调，说那些闲盘儿。这是个实际问题，是解决生命的根源上的几项问题，那么，说真实的吧，不必弄一套之乎者也。一个美的摆设，正如一个有学问的摆设，都是很好的摆设，可是未见得是位好的太太。假若你是富家翁呢，那就随便的弄什么摆设也好。不幸，你只是个普通的人，那么，一个会操持家务的太太实在是必要的。假如说吧，你娶了一位哲学博士，长得也顶美，可是一进厨房便觉恶心，夜里和你讨论康德的哲学，力主生育节制，即使有了小孩也不会抱着，你怎办？听我的话，要娶，就娶个能作贤妻良母的。尽管大家高喊打倒贤妻良母主义，你的快乐你知道。这并不完全是自私，因为一位不希望作贤妻良母的满可以不嫁而专为社会服务呀。假如一位反抗贤妻良母的而又偏偏去嫁人，嫁了人又连自己的袜子都不会或不肯洗，那才是自私呢。不想结婚，好，什么主义也可以喊；既要结婚，须承认这是个实际问题，不必弄玄虚。夫妻怎不可以谈学问呢；可是有了五个小孩，欠着五百元债，明天的房钱还没指望,要能谈学问才怪!两个帮手,彼此帮忙,是上等婚姻。

　　有人根本不承认家庭为合理的组织,于是结婚也就成为可笑之举。这,另有说法,不是咱们所要谈的。咱们谈的是结婚与组织家庭,那么,这套婆婆话也许有一点点用,多少的备你参考吧。

原载1936年9月5日《中流》创刊号

我的理想家庭

屋中至少有一只花猫，院中至少也有一两盆金鱼

一个二十多岁的小伙子，讲恋爱，讲革命，讲志愿，似乎天地之间，唯我独尊，简直想不到组织家庭——结婚既是爱的坟墓，家庭根本上是英雄好汉的累赘。及至过了三十，革命成功与否，事情好歹不论，反正领略够了人情世故，壮气就差点事了。虽然明知家庭之累，等于投胎为马为牛，可是人生总不过如此，多少也都得经验一番，既不坚持独身，结婚倒也还容易。于是发帖子请客，笑着开驶倒车，苦乐容或相抵，反正至少凑个热闹。到了四十，儿女已有二三，贫也好富也好，自己认头苦曳，对于年轻的朋友已经有好些个事说不到一处，而劝告他们老老实实的结婚，好早生儿养女，

即是话不投缘的一例。到了这个年纪，设若还有理想，必是理想的家庭。倒退二十年，连这么一想也觉泄气。人生的矛盾可笑即在于此，年轻力壮，力求事事出轨，决不甘为火车；及至中年，心理的，生理的，种种理的什么什么，都使他不但非作火车不可，且作货车焉。把当初与现在一比较，判若两人，足够自己笑半天的！或有例外，实不多见。

明年我就四十了，已具说理想家庭的资格：大不必吹，盖亦自嘲。

我的理想家庭要有七间小平房：一间是客厅，古玩字画全非必要，只要几张很舒服宽松的椅子，一二小桌。一间书房，书籍不少，不管什么头版与古本，而都是我所爱读的。一张书桌，桌面是中国漆的，放上热茶杯不至烫成个圆白印。文具不讲究，可是都很好用，桌上老有一两枝鲜花，插在小瓶里。两间卧室，我独据一间，没有臭虫，而有一张极大极软的床。在这个床上，横睡直睡都可以，不论怎睡都一躺下就舒服合适，好像陷在棉花堆里，一点也不硬碰骨头。还有一间，是预备给客人住的。此外是一间厨房，一个厕所，没有下房，因为根本不预备用仆人。家中不要电话，不要播音机，不要留声机，不要麻将牌，不要风扇，不要保险柜。缺乏的东西本来很多，不过这几项是故意不要的，有人白送给我也不要。

院子必须很大。靠墙有几株小果木树。除了一块长方的土地，平坦无草，足够打开太极拳的，其他的地方就都种着花草——没有一种珍贵费事的，只求昌茂多花。屋中至少有一只花猫，院中至少也有一两盆金鱼；小树上悬着小笼，二三绿蝈蝈随意地鸣着。

这就该说到人了。屋子不多，又不要仆人，人口自然不能很多：一妻和一儿一女就正合适。先生管擦地板与玻璃，打扫院子，收拾花木，给鱼换水，给蝈蝈一两块绿王瓜或几个毛豆；并管上街送信买书等事宜。太太管做饭，女儿任助手——顶好是十二三岁，不准小也不准大，老是十二三岁。儿子顶好是三岁，既会讲话，又胖胖的会淘气。母女于做饭之外，就做点针线，看小弟弟。大件衣服拿到外边去洗，小件的随时自己涮一涮。

既然有这么多工作，自然就没有多少工夫去听戏看电影。不过在过生日的时候，全家就出去玩半天；接一位亲或友的老太太给看家。过生日什么的永远不请客受礼，亲友家送来的红白帖子，就一概扔在字纸篓里，除非那真需要帮助的，才送一些干礼去。到过节过年的时候，吃食从丰，而且可以买一通纸牌，大家打打"索儿胡"，赌铁蚕豆或花生米。

男的没有固定的职业；只是每天写点诗或小说，每千字卖上四五十元钱。女的也没事做，除了家务就读些书。儿女永不上学，由父母教给画图，唱歌，跳舞——乱蹦也算一种舞法——和文字，手工之类。等到他们长大，或者也会仗着绘画或写文章卖一点钱吃饭；不过这是后话，顶好暂且不提。

　　这一家子人，因为吃得简单干净，而一天到晚又不闲着，所以身体都很不坏。因为身体好，所以没有肝火，大家都不爱闹脾气。除了为小猫上房，金鱼甩子等事着急之外，谁也不急叱白脸的。

　　大家的相貌也都很体面，不令人望而生厌。衣服可并不讲究，都做得很结实朴素：永远不穿又臭又硬的皮鞋。男的很体面，可不露电影明星气；女的很健美，可不红唇卷毛的鼻子朝着天。孩子们都不卷着舌头说话，淘气而不讨厌。

　　这个家庭顶好是在北平，其次是成都或青岛，至坏也得在苏州。无论怎样吧，反正必须在中国，因为中国是顶文明顶平安的国家；理想的家庭必在理想的国内也。

原载1936年11月16日《论语》第一〇〇期

有了小孩以后

小孩使世界扩大，使隐藏着的东西都显露出来

艺术家应以艺术为妻，实际上就是当一辈子光棍儿。在下闲暇无事，往往写些小说，虽一回还没自居过文艺家，却也感觉到家庭的累赘。每逢困于油盐酱醋的灾难中，就想到独人一身，自己吃饱便天下太平，岂不妙哉。

家庭之累，大半由儿女造成。先不用提教养的花费，只就淘气哭闹而言，已足使人心慌意乱。小女三岁，专会等我不在屋中，在我的稿子上画圈儿拉杠，且美其名曰"小济会写字"！把人要气没了脉，她到底还是有理！再不然，我刚想起一句好的，在脑中盘旋，自信足以愧死莎士比亚，假若能写出来的话。当是时也，小济拉拉我的肘，低声说："上公园

看猴？"于是我至今还未成莎士比亚。小儿一岁整，还不会"写字"，也不晓得去看猴，但善亲亲，闭眼，张口展览上下四个小牙。我若没事，请求他闭眼，露牙，小胖子总会东指西指的打岔。赶到我拿起笔来，他那一套全来了，不但亲脸，闭眼，还"指"令我也得表演这几招。有什么办法呢？！

这还算好的。赶到小济午后不睡，按着也不睡，那才难办。到这么四点来钟吧，她的困闹开始，到五点钟我已没有人味。什么也不对，连公园的猴都变成了臭的，而且猴之所以臭，也应当由我负责。小胖子也有这种困而不睡的时候，大概多数是与小济同时发难。两位小醉鬼一齐找毛病，我就是诸葛亮恐怕也得唱空城计，一点办法没有！在这种干等束手被擒的时候，偏偏会来一两封快信——催稿子！我也只好闹脾气了。不大一会儿，把太太也闹急了，一家大小四口，都成了醉鬼，其热闹至为惊人。大人声言离婚，小孩怎说怎不是，于离婚的争辩中瞎打混。一直到七点后，二位小天使已困得动不的，离婚的宣言才无形的撤销。这还算好的。遇上小胖子出牙，那才真叫厉害，不但白天没有情理，夜里还得上夜班。一会儿一醒，若被针扎了似的惊啼，他出牙，谁也不用打算睡。他的牙出利落了，大家全成了红眼虎。

不过，这一点也不妨碍家庭中爱的发展，人生的巧妙似

乎就在这里。记得Frank Harris仿佛有过这么点记载:他说王尔德为那件不名誉的案子过堂被审,一开头他侃侃而谈,语多幽默。及至原告提出几个男妓作证人,王尔德没了脉,非失败不可了。Harris以为王尔德必会说:"我是个戏剧家,为观察人生,什么样的人都当交往。假若我不和这些人接触,我从哪里去找戏剧中的人物呢?"可是,王尔德竟自没这么答辩,官司就算输了。

把王尔德且放在一边儿;艺术家得多去经验,Harris的意见,假若不是特为王尔德而发的,的确是不错。连家庭之累也是如此。还拿小孩们说吧——这才来到正题——爱他们吧,嫌他们吧,无论怎说,也是极可宝贵的经验。

在没有小孩的时候,一个人的世界还是未曾发现美洲的时候的。小孩是科仑布[1],把人带到新大陆去。这个新大陆并不很远,就在熟习的街道上和家里。你看,街市上给我预备的,在没有小孩的时候,似乎只有理发馆,饭铺,书店,邮政局等。我想不出婴儿医院,糖食店,玩具铺等等的意义。连药房里的许许多多婴儿用的药和粉,报纸上婴儿药片的广告,百货店里的小袜子小鞋,都显着多此一举,劳而无功。及至

---

[1] 科仑布:今译"哥仑布"。

小天使自天飞降,我的眼睛似乎戴上了一双放大镜,街市依然那样,跟我有关系的东西可是不知增加了多少倍!婴儿医院不但挂着牌子,敢情里边还有医生呢。不但有医生,还是挺神气,一点也得罪不得。拿着医生所给的神符,到药房去,敢情那些小瓶子小罐都有作用。不但要买瓶子里的白汁黄面和各色的药饼,还得买瓶子罐子,轧粉的钵,量奶的漏斗,乳头,卫生尿布,玩艺多多了!百货店里那些小衣帽,小家具,也都有了意义;原先以为多此一举的东西,如今都成了非它不行;有时候铺中缺乏了我所要的那一件小物品,我还大有看不起他们的意思:既是百货店,怎能不预备这件东西呢?!慢慢的,全街上的铺子,除了金店与古玩铺,都有了我的足迹;连当铺也走得怪熟。铺中人也渐渐熟识了,甚至可以随便闲谈,以小孩为中心,谈得颇有味。伙计们,掌柜们,原来不仅是站柜作买卖,家中还有小孩呢!有的铺子,竟自敢允许我欠账,仿佛一有了小孩,我的人格也好了些,能被人信任。三节的账条来得很踊跃,使我明白了过节过年的时候怎样出汗。

小孩使世界扩大,使隐藏着的东西都显露出来。非有小孩不能明白这个。看着别人家的孩子,肥肥胖胖,整整齐齐,你总觉得小孩们理应如此,一生下来就戴着小帽,穿着小袄,

作者：丰子恺。作于1948年。

好像小雏鸡生下来就披着一身黄绒似的。赶到自己有了小孩，才能晓得事情并不这么简单。一个小娃娃身上穿戴着全世界的工商业所能供给的，给全家人以一切啼笑爱怨的经验，小孩的确是位小活神仙！

有了小活神仙，家里才会热闹。窗台上，我一向认为是摆花的地方。夏天呢，开着窗，风儿轻轻吹动花与叶，屋中一阵阵的清香。冬天呢，阳光射到花上，使全屋中有些颜色与生气。后来，有了小孩，那些花盆很神秘的都不见了，窗台上满是瓶子罐子，数不清有多少。尿布有时候上了写字台，奶瓶倒在书架上。大扫除才有了意义，是的，到时候非痛痛快快的收拾一顿不可了，要不然东西就有把人埋起来的危险。上次大扫除的时候，我由床底下找到了但丁的《神曲》。不知道这老家伙干吗在那里藏着玩呢！

人的数目也增多了，而且有很多问题。在没有小孩的时候，用一个仆人就够了，现在至少得用俩。以前，仆人"拿糖"，满可以暂时不用；没人作饭，就外边去吃，谁也不用拿捏谁。有了小孩，这点豪气乘早收起去。三天没人洗尿布，屋里就不要再进来人。牛奶等项是非有人管理不可，有儿方知卫生难，奶瓶子一天就得烫五六次；没仆人简直不行！有仆人就得捣乱，没办法！

好多没办法的事都得马上有办法,小孩子不会等着"国联"慢慢解决儿童问题。这就长了经验。半夜里去买药,药铺的门上原来有个小口,可以交钱拿药,早先我就不晓得这一招。西药房里敢情也打价钱,不等他开口,我就提出:"还是四毛五?"这个"还是"使我省五分钱,而且落个行家。这又是一招。找老妈子有作坊,当票到期还可以入利延期,也都被我学会。没功夫细想,大概自从有了儿女以后,我所得的经验至少比一张大学文凭所能给我的多着许多。大学文凭是由课本里掏出来的,现在我却念着一本活书,没有头儿。

连我自己的身体现在都会变形,经小孩们的指挥,我得去装马装牛,还须装得像个样。不但装牛像牛,我也学会牛的忍性,小胖子觉得"开步走"有意思,我就得百走不厌;只作一回,绝对不行。多喒他改了主意,多喒我才能"立正"。在这里,我体验出母性的伟大,觉得打老婆的人们满该下狱。

中秋节前来了个老道,不要米,不要钱,只问有小孩没有?看见了小胖子,老道高了兴,说十四那天早晨须给小胖子左腕上系一根红线。备清水一碗,烧高香三炷,必能消灾除难。右邻家的老太太也出来看,老道问她有小孩没有,她惨淡的摇了摇头。到了十四那天,倒是这位老太太的提醒,小胖子的左腕上才拴了一圈儿红线。小孩子征服了老道与邻家老太太。一看胖手腕的红线,我觉得比写完一本伟大的作品还骄傲,于是上街买了两尊兔子王,感到老道,红线,兔子王,都有绝大的意义!

原载1936年11月25日《谈风》第三期

搬家

凡是窗户上没有窗帘子，你就可拍门去问

一提议说搬家，我就知道麻烦又来了。住着平安，不吵不闹，谁也不愿搬动。又不是光棍儿一条，搬起来也省事。既然称得起"家"，这至少起码是夫妇两个，往往彼此意见不合，先得开几次联席会议，结果大家的主张不得不折衷。谁去找房，这个说，等我找到得几时，我又得教书，编讲义，写文章，而且专等星期去找；况且我男人家又粗心又马虎，还是你去吧。那个说，一个女人家东家进，西家出，"眼观六路耳听八方"都得看仔细，打听明白，就是看妥了，和房东办交涉也是不善，全权通交在一人身上，这个责任，确是不轻。

没有法子，只得第二天就去实行，一路上什么也引不起注意，就看布告牌上的招租帖，墙角上，热闹口上通都留神，这还不算。有的好房就不贴条子，也不请银行信托部来管，这可不好办。一来二去的自己有了点发现，凡是窗户上没有窗帘子，你就可拍门去问。虽然看不中意，但是比较起所看的房确是强的多。

住惯北平的房子，老希望能找到一个大院子。所以离开北平之后，无论到天津，济南，汉口，上海，以至青岛，能找到房子带个大院子，真是少有。特别是在青岛，你能找到独门独院，只花很少的租价，就简直可说没有。除非你真有腰包，可以大大的租上座全楼。

我就不喜欢一个楼，分楼上一家，楼下一家，或是楼分四家住。这样住在楼上的人多少总是占便宜的。楼下的可就倒霉。遇见清净孩子少的还好，遇见好热闹，有嗜好的，孩子多的，那才叫活糟。而且还注意同楼是不是好养狗。这是经验告诉我，一条狗得看新养的，还是旧有的。青岛的狗种，可属全世界的了，三更半夜，嚎出的声真能吓得你半夜不能安睡。有了狗群，更不得安生，决斗声，求爱声，乳狗声，比什么声音都复杂热闹。这个可不敢领教了！

其次看同楼邻居如何；人口，年龄，籍贯，职业，都得在看房之际顺口答音的，探听清楚。比如说吧，这家是南方

人,老太太是湖北的,少奶奶是四川的,少爷是在港务局作事,孩子大小三个;这所楼我虽看的还合适,房间大,阳光充足,四壁厕所厨房都干净,可是一看这家邻居,心就凉爽了。第一老太太是南方的我先怕。这并不是说对于南方的老太太有什么仇恨,而是对于她们生活习惯都合不来。也不管什么日子,黑天白日,黄钱白钱——纸钱——足烧一气,口中念念有词,我确是看不下去。再有是在门前买东西,为了一分钱,一棵菜,绝不善罢甘休买成功,必得为少一两分量吵嚷半天,小贩们脸红脖子粗的走开。少奶奶管孩子,少爷吊嗓子,你能管得着么?碰巧还架上贱价无线电,吵得你"姑子不得睡,和尚不得安"。所以趁早不用找麻烦。

论到职业上,确是重大问题。如果同楼邻居是同行,当然不必每天见面,"今天天气,哈哈哈",或者不至于遭人白眼,扭头不屑于理"你个穷酸教书匠",大有"道不同不相为谋"的气概。有时还特别显示点大爷就是这股子劲,看着不顺眼,搬哪!于是乎下班之后约些朋友打打小牌。越是更深人静,红中白板叫得越响,碰巧就继续到天亮,叫车送客忙了一大阵,这且不提。

你遇见这样对头最好忍受。你若一干涉,好,事情更来得重,没事先拉拉胡琴,约个人唱两出。久而久之,来个

"坐打二簧",锣鼓一齐响,你不搬家还等着什么?想用功到时候了,人家却是该玩的时候;你说明天第一堂有课,人家十时多才上班。你想着票友散了,先睡一觉,人家楼上孩子全起来了,玩橄榄球,拉凳子,打铁壶又跟上了。心中老害怕薄薄一层楼板,早晚是全军覆没,盖上木头被褥,那才高兴呢!

一封客客气气的劝告信,满希望等楼上的先生下了班,送了过去,发生点效力。一会儿楼上老妈子推门进来说,我们太太不认识字,老爷不在家,太太说不收这封信。好吧,接过来,整个丢进字纸篓里。自愧没作公安局长。

一个月后,房子才算妥当了,半年为期,没有什么难堪条件。回来对她一说,她先摇头,难道楼下你还没住够?我说,这次可担保,一定没有以前所受的流弊。房子够住,地点适宜,离学校,菜市,大街都近,而且喜欢遇到整齐的院子,又带着一个大空后院,练球,跳远,打拳都行。再说楼上只住老夫妇俩,还是教育界。她点了点头。

两辆大敞车,把所有的动产,在一早晨都搬了过去,才又发现门口正对着某某宿舍三个敞口大垃圾箱。掩鼻而过可也!

原载1936年12月10日《谈风》第四期

归自北平

车便宜，所以北平的友人都仿佛没有腿

教书与作书各有困难。以此为业，都要受气。仿佛根本不是男儿大丈夫所当作的。借此升官发财，希望不多；专就吃饭而言，也得常杀杀裤腰带。我已有将及二十年的教书经验，书也写了十多本，这二者中的滋味总算尝透了些。拿这点资格与经历，我敢凭良心劝告别人：假如有别的路可走，总是躲着这两条为妙。就这二者而言，教书有固定的薪金，还胜于作个写家。写家虽不完全是无业游民，也差不许多。以文章说，我不敢自居为写家；以混饭说，我现在确是得算作一个。把这交待清楚，再说话才或者保险一些，不至于把真正的写家牵扯在内，而招出些是是非非。

不过，请放心，我并不想在这里道出我这样写家的一肚子委屈。我只要说一点无关紧要的小事。假若这点小事已足使我为难，别的自然不言而喻了。

今年暑后，我辞去教职，专心写作。并非看卖文是件甜事，而是只有此路可走，其余的路一概不通。

粗粗的看来，写家是满有自由的，山南海北无处不可安身。事实上一点也不这么样。我解去学校的事，马上就开了家庭会议：上哪儿去住呢？这个会议至今还没闭会，因为始终没有妥当的办法。

青岛的生活程度高，比北平——我在北平住过廿多年——要高上一倍。家庭会议的开始，大家似乎都以为有搬家的必要，而且必搬到北平。可是，一搬三穷；我没地方给全家找"免票"去，况且就是有人自动的送来，我也不肯用；我很佩服别人善用"免票"，而我自己是我自己。

可是，路费事小，日常开销事大；搬到了北平，每月用度可以省去一半，岂不还是上算着许多？

于是家庭会议派我作代表，上北平看看；我有整二年没回去了。在北平住了一星期，赶紧回来了。报告如下：北平的确是方便，而且便宜。但是正因其如此所以花钱才更多。车便宜，所以北平的友人都仿佛没有腿。饭便宜，所以大家

常吃小馆。戏便宜，所以常去买票。东西便宜，所以多买。并不少花钱，可是便宜。在青岛，平均每月看一次电影，每年看一次戏，每星期坐一次车。贵，好呀，不看不听不坐，钱照旧在口袋里。日久天长，甘于寂寞，青岛海岸也足开心，用不着花钱买乐了。再说，北平朋友很多，一块去洗澡，看戏，上公园，闲谈，都要费时间。既仗着写作吃饭，怎能舍得工夫？还是青岛好，安静。

但是安是静不行呀。写家得有些刺激，得去多经验，得去多找材料。还是北平好吧？

没办法！有这么个地方才妙！便宜，方便，热闹而又安静。哪儿找去呢？

放下北平，我们想到上海。投稿方便，索稿费方便，而且生活紧张。可是我知道上海的生活程度是怎样的高，我也晓得一到那里我就得生病。生活紧张而自己心静，是个办法。我可是不行，人家乱，我就头晕。抹去上海！苏州很好，友人这么建议，又便宜又安静。那里一个朋友也没有，我去干吗呢？还有，我真怕南方那个天气，能整星期的不见太阳！我不到没有太阳的地方去！

最近，又想到了成都。和没想一样，假若有钱的话，巴黎岂不更好？

还是青岛好呀,居然会留住了我:多么可笑,多么别扭,多么可怜!

原载1936年12月1日青岛《民众日报》

这几个月的生活

读书是把别人的思想装入自己的脑子里，
写文是把自己的思想挤出来

自去年七月中辞去教职，到如今已快八个月了。数月里，有的朋友还把信给我寄到学校去；有的就说我没有了影；有的说我已经到哪里哪里作着什么什么事……我不愿变成个谜，教大家猜着玩，所以写几句出来，一打两用：一来解疑，二来就手儿当作稿子。

辞职后，一直住在青岛，压根儿就没动窝。青岛自秋至春都非常的安静，绝不像只在夏天来过的人所说的那么热闹。安静，所以适于写作，这就是我舍不得离开此地的原因。

除了星期日或有点病的时候，我天天总写一点，有时少至几百字，有时多过三千；平均的算，每天可得二千来字。

细水长流,架不住老写,日子一多,自有成绩,可是,从发表过的来看,似乎凑不上这个数,那是因为长稿即使写完,也不能一口气登出,每月只能发表一两段。还有写好又扔掉也是常有的事,所以有伤耗。

地方安静,个人的生活也就有了规律。我每天差不多总是七点起床,梳洗过后便到院中去打拳,自一刻钟到半点钟,要看高兴不高兴。不过,即使不高兴,也必打上一刻钟,求其不间断。遇上雨或雪,就在屋中练练小拳。

这种运动不一定比别种运动好,而且耍刀弄棒,大有义和拳上体的嫌疑。不过它的好处是方便:用不着去找伴儿,一个人随时随地都可以活动;独自打篮球,虽然胜利都是自己的,究竟不大有趣。再说,和大家一同打球,人家用多大的力气,自己也得陪着;不能一劲请求大家原谅。打拳呢,可长可短,可软可硬,由慢而速,亦可由速而慢,缺乏纪律,可是能够从心所欲不逾矩。它没有篮球足球那么激烈,可比纯徒手操活泼,练上几趟就多少能见点汗;背上微微见汗,脸色微红,最为舒服。只要有恒心,天天活动一会儿,必定有益。

打完拳,我便去浇花,喜花而不会养,只有天天浇水,以示不亏心。有的花不知好歹,水多就死;有的花,勉强的

到时开几朵小花。不管它们怎样吧,反正我尽了责任。这么磨蹭十多分钟,才去吃早饭,看报。这差不多就快九点钟了。

　　吃过早饭,看看有应回答的信没有;若有,就先写信,溜一溜脑子;若没有,就试着写点文章。在这时候写文,不易成功,脑子总是东一头西一脚的乱闹哄。勉强的写一点,多数是得扔到纸篓去。不过,这么闹哄一阵,虽白纸上未落多少黑字,可是这一天所要写的,多少有了个谱儿,到下午便有辙可循,不至再拿起笔来发怔了。简直可以这么说,早半天的工作是抛自己的砖,以便引出自家的玉来。

　　十一时左右,外埠的报纸与信件来到,看报看信;也许有个朋友来谈一会儿,一早晨就这么无为而治的过去了。遇到天气特别晴美的时候,少不得就带小孩到公园去看猴,或到海边拾蛤壳。这得九点多就出发,十二时才能回来,我们是能将一里路当作十里走的;看见地上一颗特别亮的砂子,我们也能研究老大半天。

　　十二点吃午饭。吃完饭,我抢先去睡午觉,给孩子们示范。等孩子都决定去学我的好榜样,而闭上了眼,我便起来了;我只需一刻钟左右的休息,不必睡那伟大的觉。孩子睡了,我便可以安心拿起笔来写一阵。等到他们醒来,我就把墨水瓶盖好,一直到晚八点再打开。大概的说吧,写文的主要时间是午后两点到三点半，和晚上八点到九点半。这两个时间，我可以不受小孩们的欺侮。

九点半必定停止工作。按说，青岛的夜里最适于写文，因为各处静得连狗仿佛都懒得吠一声，可是，我不敢多写，身体钉不住；一咬牙，我便整夜的睡不好；若是早睡呢，我便能睡得像块木头，有人把我搬了走我也不知道，我可也不去睡的太早了，因为末一次的信是九点后才能送到，我得等着；还有呢，花猫每晚必出去活动，到九点后才回来，把猫收入。我才好锁上门。有时候躺下而睡不着，便读些书，直到困了为止。读书能引起倦意，写文可不能；读书是把别人的思想装入自己的脑子里，写文是把自己的思想挤出来，这两样不是一回事，写文更累得慌。

星期六下午和星期日整天，该热闹了。看朋友，约吃饭，理发，偶尔也看看电影，都在这两天。一到星期一，便又安静起来，鸦雀无声，除了和孩子们说废话，几乎连唇齿舌喉都没有了用处似的。说真的，青岛确是过于安静了。可是，只要熬过一两个月，习惯了，可也就舍不得它了。

按说，我既爱安静，而又能在这极安静的地方写点东西，岂不是很抖的事吗？唉！（必得先叹一口气！）都好哇，就是写文章吃不了饭啊！

我的身体不算很强,多写字总不能算是对我有益处的事。但是,我不在乎,多活几年,少活几年,有什么关系呢?死,我不怕;死不了而天天吃个半饱,远不如死了呢。我爱写作,可就是得挨饿,怎办呢?连版税带稿费,一共还不抵教书的收入的一半,而青岛的生活程度又是那么高,买葱要论一分钱的,坐车起码是一毛钱!怎样活下去呢?

常常接到青年朋友们的著作,教我给看,改;如有可能,给介绍到各杂志上去。每接到一份儿,我就要落泪,我没有工夫给详细的改,但是总抓着工夫给看一遍,尽我所能见到的给批注一下,客气的给寄回去。有好一点的呢,我当然找个相当的刊物,给介绍一下;选用与否,我不能管,尽到我的心算了。这点义务工作,不算什么;我要落泪,因为这些青年们都是想要指着投稿吃饭的呀!——这里没有饭吃!

干什么不是以力气挣钱呢,卖文章也是自食其力,不是什么坏事。不过,干这一行,第一是大有害于健康;老爬在桌上写,老思索,老憋闷得慌;有几个文人不害肺病呢?第二是卖了力气,拼了命,结果还卖不出钱来。越穷便越牢骚,越自苦,越咬牙,不久,怎样?不幸短命死矣!穷而后工,咱没见过;穷而后死,比比皆是。但分能干别的去,不要往这里走,此路不通!

为艺术而牺牲哟，不怕哟！好，这要不是你爸爸有钱，便是你不想活着。不想活着，找死还不容易，何必单找这条道儿？这么死，连死都不能痛痛快快的。到前线上去，哪一个枪弹不比钢笔头儿脆快呢？

我爱说实话，实话本不能悦耳；信不信由你吧，我算干够了。只有一条路可以使我继续下去这种生活，得航空奖券的头奖。不过，梦上加梦，也许有一天会疯了的。

原载1937年4月25日《益世报》

文艺副产品——孩子们的事情

英国的首相，在我们的故事里，叫作"大鼻子"

自从去年秋天辞去了教职，就拿写稿子挣碗"粥"吃——"饭"是吃不上的。除了星期天和闹肚子的时候，天天总动动笔，多少不拘，反正得写点儿。于是，家庭里就充满了文艺空气，连小孩们都到时候懂得说："爸爸写字吧？"文艺产品并没能大量的生产，因为只有我这么一架机器，可是出了几样副产品，说说倒也有趣：

（一）**自由故事。须具体的说来：**

早九点，我拿起笔来。烟吸过三枝，笔还没落到纸上一回。小济（女，实岁数三岁半）过来检阅，见纸白如旧，就先笑一声，而后说："爸，怎么没有字呢？"

"待一会儿就有，多多的字！"

"啊！爸，说个故事？"

我不语。

"爸快说呀，爸！"她推我的肘，表示我即使不说，反正肘部动摇也写不了字。

这时候，小乙（男，实岁数一岁半，说话时一字成句，简当而有含蓄）来了，妈妈在后面跟着。

见生力军来到，小济的声势加旺："快说呀！快说呀！"

我放下笔："有那么一回呀——"

小乙："回！"

小济："你别说，爸说！"

爸："有那么一回呀，一只大白兔——"

小乙："兔兔！"

小济："别——"

小乙撇嘴。

妈："得，得，得，不哭！兔兔！"

小乙："兔兔！"泪在眼中一转，不知转到哪里去了。

爸："对了，有两只大白兔——"

小乙："泡泡！"

妈:"小济,快,找小盆去!"

爸:"等等,小乙,先别洒!"随小济作快步走,床下椅下,分头找小盆,至为紧张,且喊且走,"小盆在哪儿?"只在此屋中,云深不知处,无论如何,找不到小盆。妈曳小乙疾走如风,入厕,风暴渐息。

归位,小济未忘前事:"说呀!"

爸:"那什么,有三只大白兔——"等小乙答声,我好想主意。

小乙尿后,颇镇定,把手指放在口中。

妈:"不含手指,臭!"

小乙置之不理。

小济:"说那个小猪吃糕糕的,爸!"

小乙:"糕糕,吃!"他以为是到了吃点心的时候呢。

妈:"小猪吃糕糕,小乙不吃。"

爸说了小猪吃糕糕。说完,又拿起笔来。

小济:"白兔呢?"

颇成问题!小猪吃糕糕与白兔如何联到一处呢?

门外:"给点什么吃啵,太太!"

小济小乙齐声:"太太!"

全家摆开队伍,由爸代表,给要饭的送去铜子一枚。

故事告一段落。

这种故事无头无尾，变化万端，白兔不定几只，忽然转到小猪吃糕糕，若不是要饭的来解围，故事便当延续下去，谁也不晓得说到哪里去，故定名为"自由故事"。此种故事在有小孩子的家中非常方便好用，作者信口开河，随听者的启示与暗示而跌宕多姿。著者与听者打成一片，无隔膜抵触之处。其体裁既非童话，也非人话，乃一片行云流水，得天然之美，极当提倡。故事里毫无教训，而充分运用着作者与听者的想象，故甚可贵。

（二）新蝌蚪文：

在以前没有小孩的时候，我写坏了稿纸，便扔在字纸篓里。自从小济会拿铅笔，此项废纸乃有出路，统统归她收藏。

我越写不上来，她越闹哄得厉害：逼我说故事，劝我带她上街，要不然就吃一个苹果，"小济一半，爸一半！"我没有办法，只好把刚写上三五句不像话的纸送给她："看这张大纸，多么白！去，找笔来，你也写字，好不好？"赶上她心顺，她就找来铅笔头儿，搬来小板凳，以椅为桌，开始写字。

她已三岁半，可是一个字不识。我不主张早教孩子们认字。我对于教养小孩，有个偏见——也许是"正"见：六岁

取蘋菓

作者：丰子恺。原收入《儿童漫画》（上海开明书店1932年1月初版）。

以前，不教给他们任何东西；只劳累他们的身体，不劳累脑子。养得脸蛋儿红扑扑的，胳臂腿儿挺有劲，能蹦能闹，便是好孩子。过六岁，该受教育了，但仍不从严督促。他们有聪明，爱读书呢，好；没聪明而不爱读书呢，也好。反正有好身体才能活着，女的去作舞女，男的去拉洋车，大腿生活也就不错，不用着急。

这就可以想象到小济写的是什么字了：用铅笔一按，在格中按了个不小的黑点，然后往上或往下一拉，成个小蝌蚪。一个两个，一行两行，一次能写满半张纸。写完半张，她也照着爸的样子说："该歇歇了！"于是去找弟弟玩耍，忘了说故事与吃苹果等要求。我就安心写作一会儿。

（三）卡通演义：

因为有书，看惯了，所以孩子们也把书当作玩艺。玩别的玩腻了，便念书玩。小乙的办法是把书挡住眼，口中嘟嘟嘟嘟；小济的办法是找图画念，口中唱着：一个小人儿，一个小鸟，又一个小人儿……

俩孩子最喜爱的一本是朋友给我寄来的一本英国卡通册子，通体都是画，所以俩孩子争着看。他们看小人儿，大人可受了罪，他们教我给"说"呀。篇篇是讽刺画，我怎

"说"呢?急中生智,我顺口答音,见机而作,就景生情,把小人儿全联到一处,成为一完整而又变化很多的故事。

说完了,他们不记得,我也不记得;明天看,明天再编新词。英国的首相。在我们的故事里,叫作"大鼻子";麦克唐纳是"大脑袋",由小乙的建议呢,凡戴眼镜的都是"爸"——因为我戴眼镜。我们的故事总是很热闹,"大鼻子叼着烟袋锅,大脑袋张着嘴,没有烟袋,大鼻子不给他,大脑袋就生气,爸就来劝,得了,别生气……"

卡通演义比自由故事更有趣,因为照着图来说,总得设法就图造事,不能三只四只白兔的乱说。说的人既须费些思索,故事自然分外的动听,听者也就多加注意。现在,小乙不怕是把这本册子拿倒了,也能指出哪个是英国首相——"鼻!"歪打正着,这也许能帮助训练他们的观察能力;自然,没有这种好处,我们也都不在乎;反正我们的故事很热闹。

(四)改造杂志:

我们既能把卡通给孩子讲通了,那么,什么东西也不难改造了。我们每月固定的看《文学》,《中流》,《青年界》,《宇宙风》,《论语》,《西风》,《谈风》,《方舟》;除了《方舟》是定阅的，其余全是赠阅的。此外，我们还到小书铺里去"翻"各种刊物，看着题目好，就买回来。无论是什么刊物吧，都是先由孩子们看画，然后大人们念字。字，有时候把大人憋住，怎念怎念不明白。画，完全没有困难。普式庚[1]的像，罗丹的雕刻，苏联的木刻……我们都能设法讲解明白了。无论什么严重的事，只要有图，一到我们家里便变成笑话。所以我们时常感到应向各刊物的编辑道歉，可是又不便于道歉，因为我们到底是看了，而且给它们另找出一种意义来呀。

（五）新年特刊：

这是我们家中自造的刊物：用铜钉按在墙上，便是壁画；不往墙上钉呢，便是活页的杂志。用不着花印刷费，也不必征求稿件，只须全家把"画来——卖画"的卖年画的包围住，花上两三毛钱，便能五光十色的得到一大堆图画。小乙自己是胖小子，所以也爱胖小子，于是胖小子抱鱼——"富贵有余"——胖小子上树——摇钱树——便算是由他主编，自成一组。小济是主编故事组："小叭儿狗会擀面"、"小小子坐门墩"，"探亲相骂"……都由她收藏管理，或贴在她的床前。戏出儿

---

1 普式庚：即普希金，俄国诗人。

和渔家乐什么的算作爸与妈的,妈担任说明画上的事情,爸担任照着戏出儿整本的唱戏,文武昆乱,生末净旦丑,一概不挡,烦唱哪出就唱哪出。这一批年画能教全家有的说,有的看,有的唱,热闹好几个月。地上也是,墙上也是,都彩色鲜明,百读不厌。我们这个特刊是文艺、图画、戏剧、歌唱的综合;是国货艺术与民间艺术的拥护;是大人与小孩的共同恩物。看完这个特刊,再看别的杂志,我们觉得还是我们自家的东西应属第一。

好啦,就说到此处为止吧。

原载1937年5月1日《宇宙风》第四十期

理想的文学月刊

每期封面能使人至少出神的看上几分钟

　　刊期：准每月一日刊发，永不差日子。

　　封面：素的与花的相间，半年素，半年花。素的是浅黄或乳白的纸，由有名的书家题字，只题刊名也好，再写上一首诗或几句散文也好。一回一换，永不重复。花的是由名画家绘图，中西画都可以，不要图案画。一面一换，永不重复。封面外套玻璃纸，以免摸脏了字画。每期封面能使人至少出神的看上几分钟，有的人甚至于专收藏它们，裱起来当册页看。

　　插图：永远没有死猫瞪眼的写家肖像或其他的像片；只要是图，便是由画家现绘的。每期必有一篇创作带着插图，

墨的或全色套版的，最忌一块红一块黑的两色或三色版。

字数：每期至多十万字，至少六万字。永无肥猪似的特大号，亦不扯着何仙姑叫舅妈出什么专刊。遇有出专刊的必要，另出附册，字数无定。

广告：只登文人们的启事：某某卖稿，某某买书或卖书，某某与某某结婚或离婚，某某声明某某是东西或不是东西……启事都须文美字佳，一律影印。文劣字丑者不收，文字兼好者白登，且赠阅本刊。新书广告另附活页，随刊奉赠。

内容：每期有顶难读的文学理论一篇，长约万字左右，须一星期方能读完，每一句都须咂摸半天，都值得记住；受罪一周，而后痛快一个月，永不想自杀。

创作：小说两三篇，至长的三四万字，至短的五千字；诗四五首；短剧一篇。

书评：每期至少六篇，每篇不过二千字。

翻译：限于现代的名著，洋古董一概不要。译文本身须成为文艺，以免带售立止头疼散。卷头语，感言，骂街，编后记，都没有。遇有十万左右字的长篇，须三四期登完。无论何项稿件都是文责自负，每篇之后注有作者简单的履历，及详细的住址——老家的，寄居的，服务机关的，岳丈家的……以便侦探直接捉拿——假如文字失之过激或欠激的话——与本刊无涉。不幸本刊吃了罣误官司，会计部存有基金，可提用为运动费，也不至被封禁。

编辑：理论，创作，翻译……都有编辑一人至四人负责，成若干组。发稿之前，各组将选好之件及落选之件送交总编辑审阅。每篇须有详明的朱批，好的地方画圈儿（不必印上），坏的地方拉杠（不必印上）。总编辑看过了，更抽出选好及落选之件各一篇，使各该组编辑背述篇中大意；背不出自然是没看过，当即免职。各组文字的排法，格式，字体，插图，自由规定，除纸张须一边儿大外，别无限制，花钱多不在乎。一切稿件认稿不认人，无老作家新作家与半老半新作家之分，稿费一律二十元千字，如遇作家丁忧闹病或要自杀的可以优待一些。发稿即发稿费，决不拖欠。落选之稿及早退回，并附函详细说明文字的缺点。如作者不服而在别的刊物上发牢骚，则由编辑部极客气的极详细的答辩，登载国内各大报纸。作者还不服，而且易讨论为叫骂，则由编辑部雇用国术名家，前去比武，文章必有武备，以免骂上没完也。

定价：每期售价一角。

原载1937年5月25日《谈风》第十五期

小型的复活（自传之一章）

我不肯费心去算计，而完全浪漫的把胜负交与运气

"二十三，罗成关。"

二十三岁那一年的确是我的一关，几乎没有闯过去。

从生理上，心理上，和什么什么理上看，这句俗话确是个值得注意的警告。据一位学病理学的朋友告诉我：从十八到二十五岁这一段，最应当注意抵抗肺痨。事实上，不少人在二十三岁左右正忙着大学毕业考试，同时眼睛溜着毕业即失业那个鬼影；两气夹攻，身体上精神上都难悠悠自得，肺病自不会不乘虚而入。

放下大学生不提，一般的来说，过了二十一岁，自然要开始收起小孩子气而想变成个大人了；有好些二十二三岁的

小伙子留下小胡子玩玩，过一两星期再剃了去，即是一证。在这期间，事情得意呢，便免不得要尝尝一向认为是禁果的那些玩艺；既不再自居为小孩子，就该老声老气的干些老人们所玩的风流事了。钱是自己挣的，不花出去岂不心中闹得慌。吃烟喝酒，与穿上绸子裤褂，还都是小事；嫖嫖赌赌，才真够得上大人味。要是事情不得意呢，抑郁牢骚，此其时也，亦能损及健康。老实一点的人，即使事情得意，而又不肯瞎闹，也总会想到找个女郎，过过恋爱生活；虽然老实，到底年轻沉不住气，遇上以恋爱为游戏的女子，结婚是一堆痛苦，失恋便许自杀。反之，天下有欠太平，顾不及来想自己，杀身成仁不甘落后，战场上的血多是这般人身上的。

可惜没有一套统计表来帮忙，我只好说就我个人的观察，这个"罗成关论"，是可以立得住的。就近取譬，我至少可以抬出自己作证，虽说不上什么"科学的"，但到底也不失"有这么一回"的价值。

二十三岁那年，我自己的事情，以报酬来讲，不算十分的坏。每月我可以拿到一百多块钱。十六七年前的一百块是可以当现在二百块用的；那时候还能花十五个小铜子就吃顿饱饭。我记得：一份儿肉丝炒三个油撕火烧，一碗馄饨带卧两个鸡子，不过是十一二个铜子就可以开付；要是预备好

十五枚作饭费，那就颇可以弄一壶白干儿喝喝了。

　　自然那时候的中交钞票是一块当作几角用的，而月月的薪水永远不能一次拿到，于是化整为零与化圆为角的办法使我往往须当一两票当才能过得去。若是痛痛快快的发钱，而钱又是一律现洋，我想我或者早已成个"阔佬"了。

　　无论怎么说吧，一百多圆的薪水总没教我遇到极大的困难；当了当再赎出来，正合"裕民富国"之道，我也就不悦不怨。每逢拿到几成薪水，我便回家给母亲送一点钱去。由家里出来，我总感到世界上非常的空寂，非掏出点钱去不能把自己快乐的与世界上的某个角落发生关系。于是我去看戏，逛公园，喝酒，买"大喜"烟吃。因为看戏有了瘾，我更进一步去和友人们学几句，赶到酒酣耳热的时节，我也能喊两嗓子；好歹不管，喊喊总是痛快的。酒量不大，而颇好喝，凑上二三知己，便要上几斤；喝到大家都舌短的时候，才正爱说话，说得爽快亲热，真露出点燕赵多慷慨悲歌之士的气概来。这的确值得记住的。喝醉归来，有时候把钱包手绢一齐交给洋车夫给保存着，第二日醒过来，于伤心中仍略有豪放不羁之感。

　　也学会了打牌。到如今我醒悟过来，我永远成不了牌油子。我不肯费心去算计，而完全浪漫的把胜负交与运气。我不看"地"上的牌，也不看上下家放的张儿，我只想象的希望来了好张子便成了清一色或是大三元。结果是回回一败涂地。认识了这一个缺欠以后，对牌便没有多大瘾了，打不打都可以；可是，在那时候我决不承认自己的牌臭，只要有人张罗，我便坐下了。

我想不起一件事比打牌更有害处的。喝多了酒可以受伤，但是刚醉过了，谁者不会马上再去饮，除非是借酒自杀的。打牌可就不然了，明知有害，还要往下干，有一个人说"再接着来"，谁便也舍不得走。在这时候，人好像已被那些小块块们给迷住，冷热饥饱都不去管，把一切卫生常识全抛在一边。越打越多吃烟喝茶，越输越往上撞火。鸡鸣了，手心发热，脑子发晕，可是谁也不肯不舍命陪君子。打一通夜的麻雀，我深信，比害一场小病的损失还要大得多。但是，年轻气盛，谁管这一套呢！

我只是不嫖。无论是多么好的朋友拉我去，我没有答应过一回。我好像是保留着这么一点，以便自解自慰；什么我都可以点头，就是不能再往"那里"去；只有这样，当清夜扪心自问的时候才不至于把自己整个的放在荒唐鬼之群里边去。

可是，烟，酒，麻雀，已足使我瘦弱，痰中往往带着

点血!

那时候,婚姻自由的理论刚刚被青年们认为是救世的福音,而母亲暗中给我定了亲事。为退婚,我着了很大的急。既要非作个新人物不可,又恐太伤了母亲的心,左右为难,心就绕成了一个小疙瘩。婚约到底是废除了,可是我得到了很重的病。

病的初起,我只觉得浑身发僵。洗澡,不出汗;满街去跑,不出汗。我知道要不妙。两三天下去,我服了一些成药,无效。夜间,我作了个怪梦,梦见我仿佛是已死去,可是清清楚楚的听见大家的哭声。第二天清晨,我回了家,到家便起不来了。

"先生"是位太医院的,给我下得什么药,我不晓得,我已昏迷不醒,不晓得要药方来看。等我又能下了地,我的头发已全体与我脱离关系,头光得像个磁球。半年以后,我还不敢对人脱帽,帽下空空如也。

经过这一场病,我开始检讨自己:那些嗜好必须戒除,从此要格外小心,这不是玩的!

可是,到底为什么要学这些恶嗜好呢?啊,原来是因为月间有百十块的进项,而工作又十分清闲。那么,打算要不去胡闹,必定先有些正经事作;清闲而报酬优的事情只能毁了自己。

恰巧，这时候我的上司申斥了我一顿。我便辞了差。有的人说我太负气，有的人说我被迫不能不辞职，我都不去管。我去找了个教书的地方，一月挣五十块钱。在金钱上，不用说，我受了很大的损失；在劳力上自然也要多受好多的累。可是，我很快活：我又摸着了书本，一天到晚接触的都是可爱的学生们。除了还吸烟，我把别的嗜好全自自然然的放下了。挣的钱少，作的事多，不肯花钱，也没闲工夫去花。一气便是半年，我没吃醉过一回，没摸过一次牌。累了，在校园转一转，或到运动场外看学生们打球，我的活动完全在学校里，心整，生活有规律；设若再能把烟卷儿扔下，而多上几次礼拜堂，我颇可以成个清教徒了。

想起来，我能活到现在，而且生活老多少有些规律，差不多全是那一"关"的劳；自然，那回要是没能走过来，可就似乎有些不妥了。"二十三，罗成关"是个值得注意的警告！

著者略历

舒舍予，字老舍，现年四十岁，面黄无须。生于北平，三岁失怙，可谓无父。志学之年，帝王不存，可谓无君。无父无君,特别孝爱老母,布尔乔亚之仁未能一扫空也。幼读三百千,不求甚解。继学师范,遂奠教书匠之基。及壮,糊口四方,教书为业,甚难发财;每购奖券,以得末彩为荣,示甘于寒贱也。二十七岁,发愤著书,科学哲学无所懂,故写小说,博大家一笑,没什么了不得。三十四岁结婚,今已有一女一男,均狡猾可喜。闲时喜养花,不得其法,每每有叶无花,亦不忍弃。书无所不读,全无所获,并不着急。教书作事,均甚认真,往往吃亏,亦不后悔。如是而已,再活四十年也许能有点出息!

著有:《老张的哲学》,《赵子曰》,《二马》,《小坡的生日》,《猫城记》,《离婚》,《赶集》,《牛天赐传》,《樱海集》,《蛤藻集》,《骆驼祥子》,《火车集》皆小说也。当继续再写八本,凑成二十本,可以搁笔矣。散碎文字,随写随扔;偶搜汇成集,如《老舍幽默诗文集》及《老牛破车》,亦不重视之。

原载1938年2月《宇宙风》第六十期

生日

家信非常的难写，多少多少的心腹话，要说给最亲爱的人

　　常住在北方，每年年尾祭灶王的糖瓜一上市，朋友们就想到我的生日。即使我自己想马虎一下，他们也会兴高采烈地送些酒来："一年一次的事呀，大家喝几杯！"祭灶的爆竹声响，也就借来作为对个人又增长一岁的庆祝。

　　今年可不同了：连自幼同学而现在住在重庆的朋友们，也忘记了这回事，因为街上看不到糖瓜呀。我自己呢，当然不愿为这点小事去宣传一番；桌上虽有海戈兄前两天送来的一瓶家酿桔酒，也不肯独酌。这不是吃酒的时候！

　　从早晨一睁眼，我就盘算：今天决不吃酒。可是，应当休息一天：这几天虽然没能写出什么文章来，但乱七八糟

的事也使身体觉出相当的疲累。一年一次的事呀，还不休息休息？

休息么？几乎没这个习惯。手一闲起来，就五鸡六兽的难过。于是，先写封家信吧；用不着推敲字句，而又不致手不摸笔，办法甚妥。

家信非常的难写，多少多少的心腹话，要说给最亲爱的人；可是，暴敌到处检查信件；书信稍长一些，即使挑不出毛病，也有被焚化了的危险——鬼子多疑，又不肯多破费工夫；烧了省事。好吧，写短一些吧。短，有什么写头儿呢？我搁下了笔。想起妻与儿女，想起沦陷区域的惨状……

又拿起笔来，赶快又放下，我能直道出抗战必胜的实情，去安慰家人吗？啊，国还未亡，已没了写信的自由！真猜不透那些以屈服为和平的人们长着怎样一副心肝！

由这个就想到接出家眷的问题。朋友们善意的相劝，已非一次：把她们接来吧！可是，路费从何而来呢？是的，才几百块钱的事罢咧，还至于……哼，几百块钱就足以要了一个穷写家的命！

"难道你就没有版税？"友人们惊异地问。

没有。商务的是交由文学社转发，文学社在哪儿？谁负责？不知道。良友的书早已被抢一空。开明有通知，暂停版税,容日补发。人间书屋刚移到广州,而广州弃守,书籍丢个干净……从前年七七到现在,只收到生活的十块来钱!

没钱办不了事,而钱又极难与写家结缘,我不明白为什么有许多人总以为作家可羡慕。

家信不写也罢。

噢,也许作家的清贫值得羡慕。可是,我并没看见有谁因羡慕清贫而少吃一次冠生园!

家信既不写,又不能空过这一天,好,还是写文章吧。这穷人的生日,只好在纸墨中过了吧。

写了几句,心中太乱。家,国,文艺,穷,病……没法使思想集中。求稿子的人惯说:"好歹给凑凑,哪怕是一两千字呢!好吧,明天下午来取!"仿佛作家不准有感情与心事,而只须一动开关,像电灯似的,就笔下生辉?

明天还有许多事呢:一个讲演,一家朋友结婚,约友人谈鼓词的写法,还要去看一位朋友……那么,今天还是非写出一点来不可;明天终日不得空闲。

我知道,这该到头疼的时候了。果然,头从脑子那溜起了一道热纹,大概比电灯里的细丝还细上多少倍。然后,脑中空了一块,而太阳穴上似乎要裂开些缝子。

出去转转吧?正落着毛毛雨。睡一会儿?宿舍里吵得要命。

怕笔尖干了,连连沾墨。写几个字,抹了;再写,再抹;看一会儿桌头上小儿女照片,想象着她们怎样念叨:"爸的生日,今天!"而后,再写,再抹……写家的生活里并没有诗意呀,头疼是自献的寿礼!

原载1939年4月《弹花》第二卷第五期

独白

在梦中我曾变为莎士比亚

没有打旗子的,恐怕就很不易唱出文武带打的大戏吧?所以,我永不轻看打旗子的弟兄们。假若这只是个人的私见,并非公论,那么自己就得负责检讨自己,找出说这话的原因。噢,原来自己就是个打旗子的啊!虽然自己并没有在戏台上跑来跑去,可是每日用笔在纸上乱画,始终没写出一篇惊人的东西,不也就等于打旗子吗?

票友有没有专学打旗子的?大概没有;至少是我自己还没见过。那么,打旗子的恐怕——即使有例外——多数都是职业的。凭本事挣饭吃,且不提光荣与否,实在不是件容易的事;因此,我不敢轻看戏台上的龙套,也就不便自惭无能,

终日在文艺台上晃来晃去，而唱不出一句来。

天才是什么？我分析不上来。怎么能得到它？也至今还未晓得。所以，顶好暂不提它。经验，我可是知道，确是可以从努力中获得，而努力与否是全靠自己的。努力而仍不成功，也许是限于天才，石块不能变成金子，即使放在炉中依法锻炼。但是，努力必有进步，或者连天才者也难例外；那么，努力总会没错。于是，我就这样安慰自己，勉励自己：努力呀，打旗子的！是不是打末旗的可以升为打头旗的？我不知道戏班子里的规矩。在文艺台上，至今还没有明文规定升格的办法；假若自己肯努力，也许能往前进一步吧？即使连这在事实上也还难以办到，好，我在心理上抱定此旨，还不行吗？干脆一句话，努力就是了，管它什么！

这样，能产生伟大的作品吗？不知道！这样，不害羞自己永远庸庸碌碌吗？没关系！不偷懒，不自馁，不自满，我呀，我只求因努力而能稍稍进步！再进一万步，也许我还摸不着伟大的边儿，那有什么关系呢？努力是我所能的，所应该的；在梦中我曾变为莎士比亚，可惜那只是个梦呀！

原载1940年1月21日《新蜀报·蜀道》

我呢？

我教他们玩赏着玫瑰，他们便永远感到香美　　·

　　我怕读自己的作品。愧悔吗？也许有一点。但是我知道，我心中还有一点什么，一点比愧悔之感要大着许多倍的什么，一点有关于生命的什么，我不愿找出它的名来！假若非明白的呼唤出不可呀，哎，它的名即使不应当叫作"恐怖"，大概也相差不远了！

　　不管我写的是什么，不管我写的是哪一些老幼男女，我自己总会也在其中的。更清楚一点的说吧：无论怎样冷静的去观察，客观的去描写，写作时的精力，心境，与感情总是我自己的。我在我的书中，正如同铅字印在纸上那么明显。拿起一本自己的十年前，或者五年前的作品，我便又看到自

己的想象的果实。可是，我找不到了自己——这是我写过的吗？那个时候的我到哪里去了呢？

我的想象的果实们，不管是美，还是丑，不管是好，还是坏，只要我那本书存在，它们便存在，而且永远不变！我教他们年轻，他们便永久年轻；我教他们玩赏着玫瑰，他们便永远感到香美。再过几年，我的书也许被人忘记而死去，但是只要在一个什么僻静的角落还偶然的存摆着一本，我的老幼男女们就还照样的，啼笑悲欢。他们从一离开笔尖便得到了永生。

可是，我自己怎样呢？我教别人活在文字中，而自己却天天在埋葬自己，每天的太阳必埋葬在西山后面。随着落日，我又老了一天！我的理想，我的感情，我的精力，都消耗在纸笔之间；那里有美的人，美的景，而我却一天比一天的老丑！

谁知道上帝创造宇宙的时候，是快活，还是悲哀呢？世界是多么美丽啊，连日月星辰都随着拍节——那最调和的拍节——旋动，连花草都一起一落的献出不同的颜色，那永久不灭的颜色。上帝自己呢？他自己得到了什么呢？恐怕是空虚与无聊吧？

谁比得了上帝呢？他既然不会死，他自然有法子消遣岁月。人呢？假若上帝是人，他必定恐怖——美丽，生命，都是他计划出来的，他自己却只落了一部白胡须！我怕读自己的作品。

原载1942年3月20日《文坛》创刊号

家书一封

至于小雨，更宜多玩耍，不可教她识字；
她才刚四岁呀！

××[1]：

　　接到信，甚慰！济与乙都去上学，好极！唯儿女聪明不齐，不可勉强，致有损身心。我想，他们能粗识几个字，会点加减的算法，知道一点历史，便已够了。只要身体强壮，将来能学一份儿手艺，即可谋生，不必非入大学不可。假若看到我的女儿会跳舞演剧，有作明星的希望，我的男孩能体健如牛，吃得苦，受得累，我必非常欢喜！我愿自己的儿女能以血汗挣饭吃，一个诚实的车夫或工人一定强于一个贪官

1　此信写给夫人胡絜青。

污吏，你说是不是？教他们多游戏，不要紧逼他们读书习字；书呆子无机会腾达，有机会作官，则必贪污误国，甚为可怕！

至于小雨，更宜多多玩耍，不可教她识字；她才刚刚四岁呀！每见摩登夫妇，教三四岁小孩识字号，客来则表演一番，是以儿童为玩物，而忘了儿童的身心发育甚慢，不可助长也。

我近来身体稍强，食眠都好，唯仍未敢放胆写作，怕再患头晕也。给我看病的是一位熟大夫，医道高，负责任，他不收我的诊费，而且照原价卖给我药品，真可感激！前几天，他给我检查身体，说：已无大病，只是亏弱，需再打一两打补血针。现已开始。病中，才知道身体的重要。没有它，即使是圣人也一筹莫展！

春来了，我的阴暗的卧室已有阳光，桌上还有一枝桃花插在曲酒瓶中。

祝你健康！代我吻吻儿女们！

舍上，三,十

原载1942年4月5日《文坛》第二期

母鸡

一个母亲必定就是一位英雄。我不敢再讨厌母鸡了

一向讨厌母鸡。不知怎样受了一点惊恐,听吧,它由前院嘎嘎到后院,由后院再嘎嘎到前院,没结没完,而并没有什么理由;讨厌!有的时候,它不这样乱叫,可是细声细气的,有什么心事似的,颤颤巍巍的,顺着墙根,或沿着田坝,那么扯长了声如怨如诉,使人心中立刻结起个小疙瘩来。

它永远不反抗公鸡。可是,有时候却欺侮那最忠厚的鸭子。更可恶的是它遇到另一只母鸡的时候,它会下毒手,乘其不备,狠狠的咬一口,咬下一撮毛来。

到下蛋的时候,它差不多是发了狂,恨不能使全世界都知道它这点成绩;就是聋子也会被它吵得受不下去。

可是,现在我改变了心思!我看见了一只孵出一群小雏鸡的母鸡。

推食

母鷄得美食
咏：呼小鷄
小鷄忽麇集
團々如黃葵
母鷄忍餓立
待意自歡娛

子愷補題

丰子恺画，弘一法师书。原收入《护生画集》(第2集)
(上海开明书店1940年11月初版)。

不论是在院里,还是在院外,它总是挺着脖,表示出世界上并没有可怕的东西。一个鸟飞过,或是什么东西响了一声,它立刻警戒起来:歪着头听;挺着身预备作战;看看前,看看后,咕咕的警告群雏要马上集合到它身边来!

当它发现了一点可吃的东西它咕咕的紧叫,啄一啄那个东西,马上便放下,教它的儿女吃。结果,每一只鸡雏的肚子都圆圆的下垂,像刚装了一两个汤圆似的,它自己却削瘦了许多。假若有别的大鸡来找食,它一定出击,把它们赶出老远;连大公鸡也怕它三分。

它教给鸡雏们啄食,掘地,用土洗澡;一天教多少多少次。它还半蹲着——我想这是相当劳累的——教它们挤在它的翅下,胸下,得一点温暖。它若伏在地上,鸡雏们有的便爬在它的背上,啄它的头或别的地方,它一声也不哼。

在夜间若有什么动静,它便放声号叫,顶尖锐,顶凄惨,使任何贪睡的人也得起来看看,是不是有了黄鼠狼。

它负责、慈爱、勇敢、辛苦,因为它有了一群鸡雏。它伟大,因为它是鸡母亲。一个母亲必定就是一位英雄!我不敢再讨厌母鸡了!

原载1942年5月30日《时事新报》

四位先生

你别忙,他会由老鼠洞里拉出那两张,一点也不少!

吴组缃先生的猪

从青木关到歌乐山一带等处,在我所认识的文友中要算吴组缃先生最为阔绰。他养着一口小花猪。据说,这小动物的身价,值六百元!

每次我去访组缃先生,必附带的向小花猪致敬,因为我与组缃先生核计过了:假若他与我共同登广告卖身,大概也不会有人出六百元来买!

有一天,我又到吴宅去。给小江——组缃先生的少爷——买了几个比醋还酸的桃子。拿着点东西,好搭讪着骗顿饭吃,否则就不太好意思了。一进门,我看见吴太太的脸

比晚日还红。我心里一想，便想到了小花猪。假若小花猪丢了，或是出了别的毛病，组缃先生的阔绰便马上不存在了！一打听，果然是为了小花猪：它已绝食一天了。我很着急，急中生智，主张给它点奎宁吃，恐怕是打摆子。大家都不赞同我的主张。我又建议把它抱到床上盖上被子睡一觉，出点汗也许就好了；焉知道不是感冒呢？这年月的猪比人还娇贵呀！大家还是不赞成。后来，把猪医生请来了。我颇兴奋，要看看猪怎么吃药。猪医生把一些草药包在竹筒的大厚皮里，使小花猪横衔着，两头儿向后束在脖子上：这样，药味与药汁便慢慢走入里边去。把药包束好，小花猪的口中好像生了两个翅膀，倒并不难看。

虽然吴宅有此骚动，我还是在那里吃了午饭——自然稍微的有点不得劲！

过了两天，我又去看小花猪——这回是专程探病，绝不为看别人；我知道现在猪的价值有多大！小花猪口中已无那个药包，而且也吃点东西了。大家都很高兴，我就又就棍打腿的骗了顿饭吃，并且提出声明：到冬天，得分给我几斤腊肉！组缃先生与太太没加任何考虑便答应了。吴太太说："几斤？十斤也行！想想看，那天它要是一病不起……"大家听罢，都出了冷汗！

马宗融先生的时间观念

马宗融先生的表大概是,我想是一个装饰品。无论约他开会,还是吃饭,他总迟到一个多钟头,他的表并不慢。

来重庆,他多半是住在白象街的作家书屋。有的说也罢,没的说也罢,他总要谈到夜里两三点钟。假若不是别人都困得不出一声了,他还想不起上床去。有人陪着他谈,他能一直坐到第二天夜里两点钟。表、月亮、太阳,都不能引起他注意到时间。

比如说吧,下午三点他须到观音岩去开会,到两点半他还毫无动静。"宗融兄,不是三点,有会吗?该走了吧?"有人这样提醒他。他马上去戴上帽子,提起那有茶碗口粗的木棒,向外走。"七点吃饭。早回来呀!"大家告诉他。他回答声"一定回来",便匆匆地走出去。

到三点的时候,你若出去,你会看见马宗融先生在门口与一位老太婆,或是两个小学生,谈话呢!即使不是这样,他在五点以前也不会走到观音岩。路上每遇到一位熟人,便要谈,至少,十分钟的话。若遇上打架吵嘴的,他得过去解劝,还许把别人劝开,而他与另一位劝架的打起来!遇上某处起火,他得帮着去救。有人追赶扒手,他必然的加入,非

捉到不可。看见某种新东西,他得过去问问价钱,不管买与不买。看到戏报子,马上他去借电话,问还有票没有……这样,他从白象街到观音岩,可以走一天,幸而他记得开会那件事,所以只走两三个钟头,到了开会的地方,即使大家已经散了会,他也得坐两点钟。他跟谁都谈得来,都谈得很有趣,很亲切,很细腻。有人随便哼了一句二黄,他立刻请教给他;有人刚买一条绳子,他马上拿过来练习跳绳——五十岁了啊!

七点,他想起来回白象街吃饭,归路上,又照样的劝架,救火,追贼,问物价,打电话……至早,他在八点半左右走到目的地。满头大汗,三步当作两步走的。他走了进来。饭早已开过了。

所以,我们与友人定约会的时候,若说随便什么时间,早晨也好,晚上也好,反正我一天不出门,你哪时来也可以,我们便说"马宗融的时间吧"!

姚蓬子先生的砚台

作家书屋是个神秘的地方,不信你交到那里一份儿文稿,而三五日后再亲自去索回,你就必定不说我扯谎了。

进到书屋,十之八九你找不到书屋的主人——姚蓬子先生。他不定在哪里藏着呢。他的被褥是稿子,他的枕头是稿子,他的桌上、椅上、窗台上……全是稿子。简单的说吧,他被稿子埋起来了。当你要稿子的时候，你可以看见一个奇迹。假如说尊稿是十张纸写的吧，书屋主人会由枕头底下翻出两张，由裤袋里掏出三张，书架里找出两张，窗子上揭下一张，还欠两张。你别忙，他会由老鼠洞里拉出那两张，一点也不少！

单说蓬子先生的那块砚台，也足够惊人了！那是块是无可形容的石砚。不圆不方，有许多角儿，而没有任何角度。有一点沿，豁口甚多，底子最奇，四周翘起，中间的一点凸出，如元宝之背，它会像陀螺似的在桌上乱转，还会一头高一头低地倾斜，如浪中之船。我老以为孙悟空就是由这块石头跳出去的！

到磨墨的时候，它会由桌子这一端滚到那一端，而且响如快跑的马车。我每晚十时必就寝，而对门儿书屋的主人要办事办到天亮。从十时到天亮，他至少研十次墨，一次比一次响——到夜最静的时候，大概连南岸都感到一点震动。从我到白象街起，我没做过一个好梦，刚一入梦，砚台来了一阵雷雨，梦为之断。在夏天，砚一响，我就起来拿臭虫。冬天可就不好办，只好咳嗽几声，使之闻之。

现在，我已交给作家书屋一本书，等得到出版，我必定破费几十元，送给书屋主人一块平底的，不出声的砚台！

何容先生的戒烟

首先要声明：这里所说的烟是香烟，不是鸦片。

从武汉到重庆，我老同何容先生在一间屋子里，一直到前年八月间。在武汉的时候，我们都吸"大前门"或"使馆"牌；小大"英"似乎都不够味。到了重庆，小大"英"似乎变了质，越来越"够"味了，"前门"与"使馆"倒仿佛没了什么意思。慢慢的，"刀"牌与"哈德门"又变成我们的朋友，而与小大"英"，不管是谁的主动吧，好像冷淡得日甚一日。不久，"刀"牌与"哈德门"又与我们发生了意见，差不多要绝交的样子。何容先生就决心戒烟！

在他戒烟之前，我已声明过："先上吊，后戒烟！"本来吗，"弃妇抛雏"的流亡在外，吃不敢进大三元，喝么也不过是清一色（黄酒贵，只好吃点白干儿），女友不敢去交，男友一律是穷光蛋，住是二人一室，睡是臭虫满床，再不吸两枝香烟，还活着干吗呢？可是，一看何容先生戒烟，我到底受了感动，既觉自己无勇，又钦佩他的伟大；所以，他在屋里，我几乎不敢动手取烟，以免动摇他的坚决！

何容先生那天睡了十六个钟头，一枝烟没吸！醒来，已是黄昏，他便独自走出去。我没敢陪他出去，怕不留神递给他一枝烟，破了戒！掌灯之后，他回来了，满面红光，含着笑的，从口袋中掏出一包土产卷烟来。"你尝尝这个，"他客气地让我，"才一个铜板一枝！有这个，似乎就不必戒烟了！没有必要！"把烟接过来，我没敢说什么，怕伤了他的尊严。面对面的，把烟燃上，我俩细细地欣赏。头一口就惊人，冒的是黄烟，我以为他误把爆竹买来了！听了一会儿，还好，并没有爆炸，就放胆继续地吸。吸了不到四五口，我看见蚊子都争着向外边飞，我很高兴。既吸烟，又驱蚊，太可贵了！再吸几口之后，墙上又发现了臭虫，大概也要搬家，我更高兴了！吸到了半枝，何容先生与我也跑出去了！他低声地说："看样子，还得戒烟！"

何容先生二次戒烟，有半天之久。当天的下午，他买来了烟斗与烟叶。"几毛钱的烟叶，够吃三四天的，何必一定戒烟呢！"他说。吸了几天的烟斗，他发现了：（一）不便携带；（二）不用力，抽不到；用力，烟油射在舌头上：（三）费洋火；（四）须天天收拾，麻烦！有此四弊，他就戒烟斗，而又吸上香烟了。"始作卷烟者。其无后乎！"他说。

最近二年，何容先生不知戒了多少次烟了，而指头上始终是黄的。

原载1942年6月22、23、24、25日《新民报晚刊·西方夜谈》

在乡下

水牛忙极了,却一点不慌

虽然刚住了几天,我已经感到乡间的确可喜。在这生活困难的时候,谁也恐怕不能不一开口就谈到钱;在乡间住,第一个好处是可以省下几文。头发长了,须跑出十里八里去理;脚稍微一懒,就许延迟一个星期;头发长了些,可是袋里也沉重了些。洗澡,更谈不到。到极热的时候,可以下河;天不够热的时候,皮肤外有一层可以搓卷着玩的泥,也显着暖和而有趣。这就又省了一笔支出。没有卖鲜果,糖食,和点心的;这不但可以省了钱,而且自然的矫正了吃零食的坏习惯。衣服须自己洗,皮鞋须自己擦。路须自己走——没有洋车。就是有,也不能在田埂儿上走。

作者：丰子恺。原收入《云霓》(上海天马书店1935年4月初版)。

除了省钱,还另有好多的精神胜利:平剧、川剧全听不到了,但是可以自己唱。在大黄角树下,随意喊吧,除了多管闲事的狗向你叫几声而外,不会有人来叫"倒好"的。话剧更看不到,可是自己可以写两本呀,有的是工夫!

书是不易得到的,但是偶然找来一本,绝不会像在城里时那样掀一掀就了事。在乡下,心里用不着惦记与朋友们定的约会,眼睛用不着时时的看表,于是,拿到一本书的时节,就可以愿意怎么读便怎么读;愿意把这几行读两遍,便读两遍;三遍就三遍;看哪一行不大顺眼,便可以跟它辩论一番!这样,书仿佛就与人成了可以谈心的朋友,而不是书架上的摆设了。

院中有犬吠声,鸡鸭叫声,孩子哭声;院外有蛙声,鸟声,叱牛声,农人相呼声。但这些声音并不教你心中慌乱。到了夜间,便什么声音也没有;即使蛙还在唱,可是它们会把你唱入梦境里去。这几天,杜鹃特别的多,直到深夜还不住的啼唤;老想问问它们,三更半夜的唤些什么?这不是厌烦,而是有点相怜之意。

正在插秧的时候下了大雨,每个农人都面带喜色,水牛忙极了,却一点不慌,还是那么慢条斯理的,像有成竹在胸的样子。

晚上，油灯欠亮，蚊虫甚多；所以早早的就躲到帐子里去。早睡，所以就也早起。睡得定，睡得好，脸上就增加了一点肉——很不放心，说不一定还会变成胖子呢！

原载1942年5月25日重庆《大公报·战线》

话剧观众须知廿则

鼓掌应继续不停,以免寂寞

（一）在观剧之前,务须伤风,以便在剧院内高声咳嗽,且随地吐痰。

（二）入剧场务须携带甘蔗,桔柑,瓜子,花生……以便弃皮满地,而重清洁。最好携火锅一个,随时"毛肚开堂"。

（三）单号戏票宜入双号门,双号戏票宜入单号门。楼上票宜坐楼下,楼下票宜坐楼上。最好无票入场,有位即坐,以重秩序。

（四）未开幕,宜拼命鼓掌。

（五）家事,官司,世界大战,均宜于开幕后开始谈论,且务须声震屋瓦。

（六）演员出场应报以"好"声，鼓掌副之。

（七）每次台上一人跌倒，或二人打架，均须笑一刻钟，至半点钟，以便天亮以前散戏。

（八）演员吸香烟，口中真吐出烟来，或吸水烟，居然吹着了火纸捻，必须报以掌声。

（九）入场就座，切勿脱帽，以便见了朋友，好脱帽行礼。

（十）观剧时务须打架一场。

（十一）出入厕所务须猛力开闭其门。开而不关亦佳，以便臭味散出，有益大家。

（十二）演员每说一"妈的"，或开一小玩笑，必赞以"深刻"，以示有批评能力。

（十三）入场务须至少携带幼童五个，且务使同时哭闹，以壮声势。最好能开一个临时的幼稚园。

（十四）幕闭，务须掀开看看，以穷其究竟。

（十五）换景，幕暂闭时，务须以手电筒探照，使布景人手足失措，功德无量。

（十六）鼓掌应继续不停，以免寂寞。

（十七）观剧宜带勤务兵或仆人数位，侍立于侧。

（十八）七时半开戏，须于九时半入场，入场时且应携煤气灯一个，以免暗中摸索。

（十九）入场切勿携带火柴，以便吸烟时四处去借火。

（二十）末一幕刚开，即须退出，且宜猛摔椅板，高射手电。若于走道中停立五六分钟，遮住后面观众，尤为得礼。

原载1942年5月5日《时事新报》

割盲肠记

生命是全的，丢掉一根毫毛也不行！

六月初来北碚，和赵清阁先生合写剧本——《桃李春风》。剧本草成，"热气团"就来了，本想回渝，因怕遇暑而止。过午，室中热至百另三四度，乃早五时起床，抓凉儿写小说。原拟写个中篇，约四万字。可是，越写越长，至九月中已得八万余字。秋老虎虽然还很利害，可是早晚到底有些凉意，遂决定在双十节前后赶出全篇，以便在十月中旬回渝。

有什么样的环境，才有什么样的神经过敏。因为巴蜀"摆子"猖狂，所以我才身上一冷，便马上吃昆宁。同样的，朋友们有许多患盲肠炎的，所以我也就老觉得难免一刀之苦。在九月末旬，我的右胯与肚脐之间的那块地方，开始有点发

硬;用手摸,那里有一条小肉岗儿。"坏了!"我自己放了警报:"盲肠炎!"赶紧告诉了朋友们,即便是谎报,多骗取他们一点同情也怪有意思!

朋友们的回答几乎是一致的——神经过敏!我申说部位是对的,并且量给他们看,怎奈他们还不信。我只好以自己的医学知识丰富自慰,别无办法。

过了两天,肚中的硬结依然存在。并且作了个割盲肠的梦!把梦形容给萧伯青兄。他说:恐怕是下意识的警告!第二天夜里,一夜没睡好,硬的地方开始一窝一窝的疼,就好像猛一直腰,把肠子或别处扯动了那样。一定是盲肠炎了!我静候着发烧,呕吐,和上断头台!可是,使我很失望,我并没有发烧,也没有呕吐!到底是怎回事呢?

十月四日,我去找赵清阁先生。她得过此病,一定能确切的指示我。她说,顶好去看看医生。她领我上了江苏医学院的附设医院。很巧,外科刘主任(玄三)正在院里。他马上给我检查。

"是!"刘主任说。

"暂时还不要紧吧?"我问。我想写完了小说和预支了一些稿费的剧本,再来受一刀之苦。

"不忙!慢性的!"刘主任真诚而和蔼的说。他永远真诚,所以绰号人称刘好人。

我高兴了。并非为可以缓期受刑,而是为可以先写完小说与剧本;文艺第一,盲肠次之!

可是,当我告辞的时候,刘主任把我叫住:"看看白血球吧!"

一位穿白褂子的青年给我刺了"耳朵眼"。验血。结果!一万好几百!刘主任吸了口气:"马上割吧!"我的胸中恶心了一阵,头上出了凉汗。我不怕开刀,可是小说与剧本都急待写成啊!特别是那个剧本,我已预支了三千元的稿费!同时,在顷刻之间,我又想到:白血球既然很多,想必不妙,为何等着受发烧呕吐等等苦楚来到再受一刀之苦呢?一天不割,便带着一天的心病,何不从早解决呢?

"几时割?"我问。心中很闹得慌,像要吐的样子。

"今天下午!"

随着刘主任,我去交了费,定了房间。

没有吃午饭。托青兄给买了一双新布鞋,因为旧的一双的底子已经有很大的窟窿。心里说:穿新鞋子入医院,也许更能振作一些。

下午一时。自己提着布袋,去找赵先生。二时,她送我入院——她和大夫护士们都熟识。

房间很窄,颇像个棺材。可是,我的心中倒很平静,顺口答音的和大家说笑,护士们来给我打针,敷消毒药,腰间围了宽布。诸事齐备,我轻轻的走入手术室,穿着新鞋。

屈着身。吴医生给我的脊梁上打了麻醉针。不很疼。护士长是德州的护士学校毕业的。她还认识我:在她毕业的时候,我正在德州讲演。这已是十年前的事了。她低声的说:"舒先生,不怕啊!"我没有怕,我信任西医;况且割盲肠是个小手术。朋友们——老向,萧伯青,萧亦五,清阁,李佩珍……——都在窗外"偷"看呢,我更得挣扎着点!

下部全麻了。刘主任进来。吱——腹上还微微觉到疼。"疼啊!"我报告了一声。"不要紧!"刘主任回答。腹里捣开了乱,我猜想:刘主任的手大概是伸进去了。我不再出声。心中什么也不想。我以为这样老实的受刑,盲肠必会因受感动而也许自动的跳出来。

不过,盲肠到底是"盲肠",不受感动!麻醉的劲朝上走,好像用手推着我的胃;胃部烧得非常的难过,使我再也不能忍耐。吐了两口。"胃里烧得难过呀!"我喊出来。"忍着点!马上就完!"刘主任说。我又忍着,我听得见刘主任的声音:"擦汗!""小肠!""放进去!""拿钩了!""摘眼镜!"……我心里说:"坏了!找不到!"我问了:"找到没有？"刘主任低切的回答："马上找到！不要出声！"

窗外的朋友们比我还着急："坏了！莫非盲肠已经烂掉？"

我机械的，一会儿一问："找到没有？"而得到的回答只是："莫出声！"

苦了刘主任与助手们，室内没有电灯。两位先生立在小凳上，打着电棒。夹伤口的先生们，正如打电棒的始终不能休息片刻。整整一个钟头！

一个钟头了，盲肠还未露面！

我的鼻子上来了点怪味。大概是吴医生的声音："数一二三四！"我数了好几个一二三四，声音相当的响亮。末了，口中一噎，就像刮大风在城门洞中喝了一大口风似的我睡过去，生命成了空白。

睁开眼，我恍惚的记得梁实秋先生和伯青兄在屋中呢。其实屋中有好几位朋友，可是我似乎没有看见他们。在这以前，据朋友们告诉我，我已经出过声音，我自己一点也不记得。我的第一声是高声的喊王抗——老向的小男孩。也许是在似醒非醒之中，我看见王抗翻动我的纸笔吧，所以我大声的呼叱他；我完全记不得了。第二次出声是说了一串中学时的同学的外号：老向，范烧饼，闪电手，电话西局……弄得大家都莫名其妙。生命在这时候是一片云雾，在记忆中飘来飘去,偶然的露出一两个星星。

再睁眼,我看见刘主任坐在床沿上。我记得问他:"找到没有?割了吗?"这两个问题,在好几个钟头以内始终在我的口中,因为我只记得全身麻醉以前的事。

我忘了我是在病房里,我以为我是在伯青的屋中呢。我问他:"为什么我躺在这儿呢?这里多么窄小啊!"经他解释一番,我才想起我是入了医院。生命中有一段空白,也怪有趣!

一会儿,我清醒;一会儿又昏迷过去。生命像春潮似的一进一退。清醒了;我就问:找到了吗?割去了吗?

口中的味道像刚喝过一加仑汽油,出气的时候,心中舒服?吸气的时候,觉得昏昏沉沉。生命好像悬在这一呼一吸之间。

胃里作烧,脊梁酸痛,右腿不能动,因打过了一瓶盐水。不好受。我急躁,想要跳起来。苦痛而外,又有一种渺茫之感,比苦痛还难受。不管是清醒,还是昏迷着,我老觉得身上丢失了一点东西。猛孤丁的,我用手去摸。像摸钱袋或要物在身边没有那样。摸不到什么,我于失望中想起:噢,我丢失的是一块病。可是,这并不能给我安慰,好像即使是病也不该遗失;生命是全的,丢掉一根毫毛也不行!这时候,自怜与自叹控制住我自己，我觉得生命上有了伤痕，有了亏损！已经一天没吃东西；现在，连开水也不准喝一口——怕引起呕吐而震动伤口。我并不觉得怎样饥渴。胃中与脊梁上难过比饥渴更厉害，可是也还挣扎去忍受。真正恼人的倒是那点渺茫之感。我没想到死，也没盼祷赶快痊愈，我甚至于忘记了赶写小说那回事。我只是飘飘摇摇的感到不安！假若他们把割下的盲肠摆在我的面前，我也许就可以捉到一点什么而安心去睡觉。他们没有这样作。我呢，就把握不到任何实际的东西，而惶惑不安。我失去了自信，不知道自己是干什么呢！因此我烦躁，发脾气，苦了看守我的朋友！

老向，璧如，伯青，齐致贤，席征膺诸兄轮流守夜；李佩珍小姐和萧亦五兄白天亦陪伴。我不知道怎样感激他们才好！医院中的护士不够用，饭食很苦，所以非有人招呼我不可。

体温最高的时候只到三十八度，万幸！虽然如此，我的唇上的皮还干裂得脱落下来，眼底有块青点，很像四眼狗。

最难过的是最初的三天。时间，在苦痛里，是最忍心的；多慢哪！每一分钟都比一天还长！到第四天，一切都换了样子；我又回到真实的世界上来，不再悬挂在梦里。

本应当十天可以出院，可是住了十六天，缝伤口的线粗了一些，不能完全消化在皮肉里；没有成脓，但是汪儿黄水。刘主任把那节不愿永远跟随着我的线抽了出来，腹上张着个小嘴。直到这小嘴完全干结我才出院。

神经过敏也有它的好处。假若我不"听见风就是雨"，而不去检查，一旦爆发，我也许要受很大的苦处。我的盲肠部位不对。不知是何原因，它没在原处，而跑到脐的附近去，所以急得刘主任出了好几身大汗。假若等到它汇了脓再割，岂不很危险？我感谢医生们和朋友们，我似乎也觉得感谢自己的神经过敏！引为遗憾的也有二事：（一）赵清阁先生与我合写的《桃李春风》在渝上演，我未能去看。（二）家眷来渝，我也未能去迎接。我极想看到自己的妻与儿女，可是一度神经过敏教我永远不会粗心大意，我不敢冒险！

原载1944年3月《经纬》第二卷第四期

多鼠斋杂谈

吸烟有害并不是戒烟的理由

一、戒酒

并没有好大的量,我可是喜欢喝两杯。因吃酒,我交下许多朋友——这是酒的最可爱处。大概在有些酒意之际,说话作事都要比平时豪爽真诚一些,于是就容易心心相印,成为莫逆。人或者只在"喝了"之后,才会把专为敷衍人用的一套生活八股抛开,而敢露一点锋芒或"谬论"——这就减少了我些脸上的俗气,看着红扑扑的,人有点样子!

自从在社会上作事至今的廿五六年中,我不记得一共醉过多少次,不过,随便的一想,便颇可想起"不少"次丢脸的事来。所谓丢脸者,或者正是给脸上增光的事,所以我并不后悔。酒的坏处并不在撒酒疯,得罪了正人君子——在酒

后还无此胆量，未免就太可怜了！酒的真正的坏处是它伤害脑子。

"李白斗酒诗百篇"是一位诗人赠另一位诗人的夸大的谀赞。据我的经验，酒使脑子麻木、迟钝，并不能增加思想产物的产量。即使有人非喝醉不能作诗，那也是例外，而非正常。在我患贫血病的时候，每喝一次酒，病便加重一些；未喝的时候若患头"昏"，喝过之后便改为"晕"了，那妨碍我写作！

对肠胃病更是死敌。去年，因医治肠胃病，医生严嘱我戒酒。从去岁十月到如今，我滴酒未入口。

不喝酒，我觉得自己像哑巴了：不会嚷叫，不会狂笑，不会说话！啊，甚至于不会活着了！可是，不喝也有好处，肠胃舒服，脑袋昏而不晕，我便能天天写一二千字！虽然不能一口气吐出百篇诗来，可是细水长流的写小说倒也保险；还是暂且不破戒吧！

二、戒烟

戒酒是奉了医生之命，戒烟是奉了法弊的命令。什么？劣如"长刀"也卖百元一包？老子只好咬咬牙，不吸了！

从廿二岁起吸烟，至今已有一世纪的四分之一。这廿五年养成的习惯,一旦戒除可真不容易。

吸烟有害并不是戒烟的理由。而且,有一切理由,不戒烟是不成。戒烟凭一点"火儿"。那天,我只剩了一支"华丽"。一打听,它又长了十块!三天了,它每天长十块!我把这一支吸完,把烟灰碟擦干净,把洋火放在抽屉里。我"火儿"啦,戒烟!

没有烟,我写不出文章来。廿多年的习惯如此。这几天,我硬撑!我的舌头是木的,嘴里冒着各种滋味的水,嗓门子发痒,太阳穴微微的抽着疼!——顶要命的是脑子里空了一块!不过,我比烟要更厉害些:尽管你小子给我以各样的毒刑,老子要挺一挺给你看看!

毒刑夹攻之后,它派来会花言巧语的小鬼来劝导:"算了吧,也总算是个老作家了,何必自苦太甚!况且天气是这么热;要戒,等到秋凉,总比较的要好受一点呀!"

"去吧!魔鬼!咱老子的一百元就是不再买又霉、又臭、又硬、又伤天害理的纸烟!"

今天已是第六天了,我还撑着呢!长篇小说没法子继续写下去;谁管它!除非有人来说:"我每天送你一包'骆驼',或廿支'华福',一直到抗战胜利为止!"我想我大概不会向"人头狗"和"长刀"什么的投降的!

三、戒茶

我既已戒了烟酒而半死不活,因思莫若多加几戒,爽性快快的死了倒也干脆。

谈再戒什么呢?

戒荤吗?根本用不着戒,与鱼不见面者已整整二年,而猪羊肉近来也颇疏远。还敢说戒?平价之米,偶而有点油肉相佐,使我绝对相信肉食者"不鄙"!若只此而戒除之,则腹中全是平价米,而人也决变为平价人,可谓"鄙"矣!不能戒荤!

必不得已,只好戒茶。

我是地道中国人,咖啡、蔻蔻、汽水、啤酒,皆非所喜,而独喜茶。有一杯好茶,我便能万物静观皆自得。烟酒虽然也是我的好友,但它们都是男性的——粗莽,热烈,有思想,可也有火气——未若茶之温柔,雅洁,轻轻的刺戟,淡淡的相依;茶是女性的。

我不知道戒了茶还怎样活着,和干吗活着。但是,不管我愿意不愿意,近来茶价的增高已教我常常起一身小鸡皮疙瘩!

茶本来应该是香的,可是现在卅元一两的香片不但不香,而且有一股子咸味！为什么不把咸蛋的皮泡泡来喝，而单去买咸茶呢？六十元一两的可以不出咸味，可也不怎么出香味，六十元一两啊！谁知道明天不就又长一倍呢！

恐怕呀，茶也得戒！我想，在戒了茶以后，我大概就有资格到西方极乐世界去了——要去就抓早，别把罪受够了再去！想想看，茶也须戒！

四、猫的早餐

多鼠斋的老鼠并不见得比别家的更多，不过也不比别处的少就是了。前些天，柳条包内，棉袍之上，毛衣之下，又生了一窝。

没法不养只猫子了，虽然明知道一买又要一笔钱，"养"也至少须费些平价米。

花了二百六十元买了只很小很丑的小猫来。我很不放心。单从身长与体重说，厨房中的老一辈的老鼠会一口咬两只这样的小猫的。我们用麻绳把咪咪拴好，不光是怕它跑了，而是怕它不留神碰上老鼠。

我们很怕咪咪会活不成的，它是那么瘦小，而且终日么团着身哆哩哆嗦的。

人是最没办法的动物，而他偏偏爱看不起别的动物，替

它们担忧。

吃了几天平价米和煮包谷,咪咪不但没有死,而且欢蹦乱跳的了。它是个乡下猫,在来到我们这里以前,它连米粒与包谷粒大概也没吃过。

我们总觉得有点对不起咪咪——没有鱼或肉给它吃,没有牛奶给它喝。猫是食肉动物,不应当吃素!

可是,这两天,咪咪比我们都要阔绰了;人才真是可怜虫呢!昨天,我起来相当的早,一开门咪咪骄傲的向我叫了一声,右爪按着个已半死的小老鼠。咪咪的旁边,还放着一大一小的两个死蛙——也是咪咪咬死的,而不屑于去吃,大概死蛙的味道不如老鼠的那么香美。

我怔住了,我须戒酒、戒烟、戒茶,甚至要戒荤,而咪咪——那么瘦小丑陋的小东西——会有两只蛙,一只老鼠作早餐!说不定,它还许已先吃过两三个蚱蜢了呢!

五、最难写的文章

或问:什么文章最难写?

答:自己不愿意写的文章最难写。比如说:邻居二大爷年七十,无疾而终。二大爷一辈子吃饭穿衣,喝两杯酒,与常人无异。他没立过功,没立过言。他少年时是个连模样也并不惊人的少年，到老年也还是个平平常常的老人，至多，我只能说他是个安分守己的好公民。可是，文人的灾难来了！二大爷的儿子——大学毕业，现在官居某机关科员——送过来讣文，并且诚恳的请赐挽词。我本来有两句可以赠给一切二大爷的挽词："你死了不能再见，想起来好不伤心！"可是我不敢用它来搪塞二大爷的科员少爷，怕他说我有意侮辱他的老人。我必须另想几句——近邻，天天要见面，假若我决定不写，科员少爷会恼我一辈子的。可是，老天爷，我写什么呢？

在这很为难之际，我真佩服了从前那些专凭作挽诗寿序挣吃饭的老文人了！你看，还以二大爷这件事为例吧，差不多除了扯谎，我简直没法写出一个字。我得说二大爷天生的聪明绝顶，可是还"别"说他虽聪明绝顶，而并没著过书，没发明过什么东西，和他在算钱的时候总是脱了袜子的。是的，我得把别人的长处硬派给二大爷，而把二大爷的短处一字不题。这不是作诗或写散文，而是替死人来骗活人！我写不好这种文章，因为我不喜欢扯谎！

在挽诗与寿序等而外，就得算"九一八"，"双十"与"元旦"什么的最难写了。年年有个元旦，年年要写元旦，有什么好写呢？每逢接到报馆为元旦增刊征文的通知，我就想这

样回复:"死去吧!省得年年教我吃苦!"可是又一想,它死了岂不又须作挽联啊?于是只好按住心头之火,给它拼凑几句——这不是我作文章,而是文章作我!说到这里,相应提出:"救救文人!"的口号,并且希望科员少爷与报馆编辑先生网开一面,叫小子多活两天!

六、最可怕的人

我最怕两种人:第一种是这样的——凡是他所不会的,别人若会,便是罪过。比如说:他自己写不出幽默的文字来,所以他把幽默文学叫作文艺的脓汁,而一切有幽默感的文人都该加以破坏抗战的罪过。他不下一番工夫去考查考查他所攻击的东西到底是什么,而只因为他自己不会,便以为那东西该死。这是最要不得的态度,我怕有这种态度的人,因为他只会破坏,对人对己都全无好处。假若他作公务员,他便只有忌妒,甚至因忌妒别人而自己去作汉奸;假若他是文人,他便也只会忌妒,而一天到晚浪费笔墨,攻击别人,且自鸣得意,说自己颇会批评——其实是扯淡!这种人乱骂别人,而自己永不求进步;他污秽了批评,且使自己的心里堆满了尘垢。

第二种是无聊的人。他的心比一个小酒盅还浅,而面皮比墙还厚。他无所知，而自信无所不知。他没有不可干的事，而一切都莫名其妙。他的谈话只是运动运动唇齿舌喉，说不说与听不听都没有多大关系。他还在你正在工作的时候来"拜访"。看你正忙着，他赶快就说，不耽误你的工夫。可是，说罢便安然坐下了——两个钟头以后，他还在那儿坐着呢！他必须谈天气，谈空袭，谈物价，而且随时给你教训："有警报还是躲一躲好！"或是"到八月节物价还要涨！"他的这些话无可反驳，所以他会百说不厌，视为真理。我真怕这种人，他耽误了我的时间，而自杀了他的生命！

七、衣

　　对于英国人，我真佩服他们的穿衣服的本领。一个有钱的或善交际的英国人，一天也许要换三四次衣服。开会，看赛马，打球，跳舞……都须换衣服。据说：有人曾因穿衣脱衣的麻烦而自杀。我想这个自杀者并不是英国人。英国人的忍耐性使他们不会厌烦"穿"和"脱"，更不会使他们因此而自杀。

　　我并不反对穿衣要整洁，甚至不反对衣服要漂亮美观。可是，假若教我一天换几次衣服，我是也会自杀的。想想看，系纽扣解纽扣，是多么无聊的事！而纽扣又是那么多，那么

不灵动，那么不起好感，假若一天之中解了又系，系了再解，至数次之多，谁能不感到厌世呢！

在抗战数年中，生活是越来越苦了。既要抗战，就必须受苦，我决不怨天尤人。再进一步，若能从苦中求乐，则不但可以不出怨言，而且可以得到一些兴趣，岂不更好呢！在衣食住行人生四大麻烦中，食最不易由苦中求乐，菜根香一定香不过红烧蹄膀！菜根使我贫血；"狮子头"却使我壮如雄狮！

住和行虽然不像食那样一点不能将就，可是也不会怎样苦中生乐。三伏天住在火炉子似的屋内，或金鸡独立的在汽车里挤着，我都想掉泪，一点也找不出乐趣。

只有穿的方面，一个人确乎能由苦中找到快活。"七七"抗战后，由家中逃出，我只带着一件旧夹袍和一件破皮袍，身上穿着一件旧棉袍。这三袍不够四季用的，也不够几年用的。所以，到了重庆，我就添置衣裳。主要的是灰布制服。这是一种"自来旧"的布作成的，一下水就一蹶不振，永远难看。吴组缃先生名之为斯文扫地的衣服。可是，这种衣服给我许多方便——简直可以称之为享受！我可以穿着裤子睡觉，而不必担心裤缝直与不直；它反正永远不会直立。我可以不必先看看座位，再去坐下；我的宝裤不怕泥土污秽，它原是自来旧。雨天走路，我不怕汽车。晴天有空袭，我的衣服的老鼠皮色便是伪装。这种衣服给我舒适，自由和亲切之感。它和我好像多年的老夫妻，彼此有完全的了解，没有一点隔膜。

我希望抗战胜利之后，还老穿着这种国难衣，倒不是为省钱，而是为舒服。

八、行

朋友们屡屡函约进城，始终不敢动。"行"在今日，不是什么好玩的事。看吧，从北碚到重庆第一就得出"挨挤费"一千四百四十元。所谓挨挤费者就是你须到车站去"等"，等多少时间？没人能告诉你。幸而把车等来，你还得去挤着买票，假若你挤不上去，那是你自己的无能，只好再等。幸而票也挤到手，你就该到车上去挨挤。这一挤可厉害！你第一要证明了你的确是脊椎动物，无论如何你都能直挺挺的立着。第二，你须证明在进化论中，你确是猴子变的，所以现在你才能手脚并用，全身紧张而灵活，以免被挤成像四喜丸子似的一堆肉。第三，你须有"保护皮"，足以使你全身不怕伞柄、胳臂肘、脚尖、车窗等等的戳、碰、刺、钩；否则你会遍体鳞伤。第四，你要有不中暑发痧的把握，要有不怕把鼻

子伸在有狐臭的腋下而不能动的本事……你须备有的条件太多了，都是因为你喜欢交那一千四百多元的挨挤费！

我头昏，一挤我就有变成爬虫的可能，所以，我不敢动。

再说，在重庆住一星期，至少花五六千元；同时，还得耽误一星期的写作；两面一算，使我胆寒！

以前，我一个人在流亡，一人吃饱便天下太平，所以东跑西跑，一点也不怕赔钱。现在，家小在身边，一张嘴便是五六个嘴一齐来，于是嘴与胆子乃适成反比，嘴越多，胆子越小！

重庆的人们哪，设法派小汽车来接呀，否则我是不会去看你们的。你们还得每天给我们一千元零花。烟、酒都无须供给，我已戒了。啊，笑话是笑话，说真的，我是多么想念你们，多么渴望见面畅谈呀！

九、帽

在"七七"抗战后，从家中跑出来的时候，我的衣服虽都是旧的，而一顶呢帽却是新的。那是秋天在济南花了四元钱买的。

廿八年随慰劳团到华北去，在沙漠中，一阵狂风把那顶呢帽刮去，我变成了无帽之人。假若我是在四川，我便不忙于去再买一顶——那时候物价已开始要张开翅膀。可是，我是在北方，天已常常下雪，我不可一日无帽。于是，在宁夏，我花了六元钱买了一顶呢帽。在战前它公公道道的值六角钱。这是一顶很顽皮的帽子。它没有一定的颜色，似灰非灰，似紫非紫，似赭非赭，在阳光下，它仿佛有点发红，在暗处又好似有点绿意。我只能用"五光十色"去形容它，才略为近似。它是呢帽，可是全无呢意。我记得呢子是柔软的，这顶帽可是非常的坚硬，用指一弹，它当当的响。这种不知何处制造的硬呢会把我的脑门儿勒出一道小沟，使我很不舒服；我须时时摘下帽来，教脑袋休息一下！赶到淋了雨的时候，它就完全失去呢性，而变成铁筋洋灰的了。因此，回到重庆以后，我总是能不戴它就不戴；一看见它我就有点害怕。

因为怕它，所以我在白象街茶馆与友摆龙门阵之际，我又买了一顶毛织的帽子。这一顶的确是软的，软得可以折起来，我很高兴。

不幸，这高兴又是短命的。只戴了半个钟头，我的头就好像发了火，痒得很。原来它是用野牛毛织成的。它使脑门儿热得出汗，而后用那很硬的毛刺那张开的毛孔！这不是戴帽，而是上刑！

把这顶野牛毛帽放下，我还是得戴那顶铁筋洋灰的呢帽。

经雨淋、汗沤、风吹、日晒,到了今年,这顶硬呢帽不但没有一定的颜色,也没有一定的样子了——可是永远不美观。每逢戴上它,我就躲着镜子;我知道我一看见它就必有斯文扫地之感!

前几天,花了一百五十元把呢帽翻了一下。它的颜色竟自有了固定的倾向,全体都发了红。它的式样也因更硬了一些而暂时有了归宿,它的确有点帽子样了!它可是更硬了,不留神,帽檐碰在门上或硬东西上,硬碰硬,我的眼中就冒了火花!等着吧,等到抗战胜利的那天,我首先把它用剪子铰碎,看它还硬不硬!

十、狗

中国狗恐怕是世界上最可怜最难看的狗。此处之"难看"并不指狗种而言,而是与"可怜"密切相关。无论狗的模样身材如何,只要喂养得好,它便会长得肥肥胖胖的,看着顺眼。中国人穷。人且吃不饱,狗就更提不到了。因此,中国狗最难看;不是因为它长得不体面,而是因为它骨瘦如柴,终年夹着尾巴。

每逢我看见被遗弃的小野狗在街上寻找粪吃,我便要落泪。我并非是爱作伤感的人,动不动就要哭一鼻子。我看见小狗的可怜，也就是感到人民的贫穷。民富而后猫狗肥。

中国人动不动就说：我们地大物博。那也就是说，我们不用着急呀，我们有的是东西，永远吃不完喝不尽哪！哼，请看看你们的狗吧！

还有：狗虽那么找不着吃（外国狗吃肉，中国狗吃粪；在动物学上，据说狗本是食肉兽。）那么随便就被人踢两脚，打两棍，可是它们还照旧的替人们服务。尽管它们饿成皮包着骨，尽管它们刚被主人踹了两脚，它们还是极忠诚的去尽看门守夜的责任。狗永远不嫌主人穷。这样的动物理应得到人们的赞美，而忠诚、义气、安贫、勇敢，等等好字眼儿都该归之于狗。可是，我不晓得为什么中国人不分黑白的把汉奸与小人叫作走狗，倒仿佛狗是不忠诚不义气的动物。我为狗喊冤叫屈！

猫才是好吃懒作，有肉即来，无食即去的东西。洋奴与小人理应被叫作"走猫"。

或者是因为狗的脾气好，不像猫那样傲慢，所以中国人不说"走猫"而说"走狗"？假若真是那样，我就又觉得人们未免有点"软的欺，硬的怕"了！

不过，也许有一种狗，学名叫作"走狗"；那我还不大清楚。

十一、昨天

昨天一整天不快活。老下雨,老下雨,把人心都好像要下湿了!

有人来问往哪儿跑?答以:嘉陵江没有盖。邻家聘女。姑娘有二十二三岁,不难看。来了一顶轿子,她被人从屋中掏出来,放进轿中;轿夫抬起就走。她大声的哭。没有锣鼓。轿子就那么哭着走了。看罢,我想起幼时在鸟市上买鸟。贩子从大笼中抓出鸟来,放在我的小笼中,鸟尖锐的叫。

黄狼夜间将花母鸡叼去。今午,孩子们在山坡后把母鸡找到。脖子上咬烂,别处都还好。他们主张还炖一炖吃了。我没拦阻他们。乱世,鸡也该死两道的!

头总是昏。一友来,又问:"何以不去打补针?"我笑而不答,心中很生气。

正写稿子,友来。我不好让他坐。他不好意思坐下,又不好意思马上就走。中国人总是过度的客气!

友人函告某人如何,某事如何,即答以:"大家肯把心眼放大一些,不因事情不尽合己意而即指为恶事,则人世纠纷可减半矣!"发信后,心中仍在不快。

长篇小说越写越不像话,而索短稿者且夥,颇郁郁!

晚间屋冷话少,又戒了烟,呆坐无聊,八时即睡。这是值得记下来的一天——没有一件痛快事!在这样的日子,连一句漂亮的话也写不出!为什么我们没有伟大的作品哪?哼,谁知道!

十二、傻子

在民间的故事与笑话里,有许多许多是讲兄弟三个,或姐妹三个,或盟兄弟三个,或女婿三个;第三个必定是傻子,而傻子得到最后的胜利。据说这种结构的公式是世界性的,世界各处都有这样的故事与笑话。为什么呢?因为人们是同情于弱者的。三弟三妹三女婿既最幼,又最傻,所以必须胜利。

和许多别种民间故事与笑话的含义一样,这种同情弱者的表示可也许是"夫子自道也"。这就是说:人民有一肚子委屈而无处去诉,就只好想象出一位"臣包文正",或北侠欧阳春来,给他们撑一撑腰,吐一口气。同样的,他们制造出弱者胜利的故事与笑话,也是为了自慰;故事与笑话中的傻子就是他们自己。他们自己既弱且愚,可是他们讽刺了那有势力,有钱财,与有学问的人,他们感到胜利。

可是,这种讽刺的胜利到底是否真正的胜利,就不大好

说。假若胜利必须是精神上的呢,他们大概可以算得了胜。反之,精神胜利若因无补于实际而算不得胜利,那就不大好办了。

在我们的民间,这种傻子胜利的故事与笑话似乎比哪一国都多。我不知道,我应当庆祝他们已经得到胜利,还是应当把我的"怪难过的"之感告诉给他们。

原载1944年9月1、9、15、23日,11月5、11、15、20日,12月10、15、19、24日《新民报晚刊·西方夜谈》

"住"的梦

衣食住行,在北平的秋天,是没有一项不使人满意的

在北平与青岛住家的时候,我永远没想到过:将来我要住在什么地方去。在乐园里的人或者不会梦想另辟乐园吧。

在抗战中,在重庆与它的郊区住了六年。这六年的酷暑重雾,和房屋的不像房屋,使我会作梦了。我梦想着抗战胜利后我应去住的地方。

不管我的梦想能否成为事实,说出来总是好玩的:

春天,我将要住在杭州。二十年前,我到过杭州,只住了两天。那是旧历的二月初,在西湖上我看见了嫩柳与菜花,碧浪与翠竹。山上的光景如何?没有看到。三四月的莺花山水如何,也无从晓得。但是,由我看到的那点春光,已经可

作者：丰子恺。原载1947年6月11日《申报》。

以断定杭州的春天必定会教人整天生活在诗与图画中的。所以，春天我的家应当是在杭州。

夏天，我想青城山应当算作最理想的地方。在那里，我虽然只住过十天，可是它的幽静已拴住了我的心灵。在我所看见过的山水中，只有这里没有使我失望。它并没有什么奇峰或巨瀑，也没有多少古寺与胜迹，可是，它的那一片绿色已足使我感到这是仙人所应住的地方了。到处都是绿，而且都是像嫩柳那么淡，竹叶那么亮，蕉叶那么润，目之所及，那片淡而光润的绿色都在轻轻的颤动，仿佛要流入空中与心中去似的。这个绿色会像音乐似的，涤清了心中的万虑，山中有水，有茶，还有酒。早晚，即使在暑天，也须穿起毛衣。我想，在这里住一夏天，必能写出一部十万到二十万的小说。

假若青城去不成，求其次者才提到青岛。我在青岛住过三年，很喜爱它。不过，春夏之交，它有雾，虽然不很热，可是相当的湿闷。再说，一到夏天，游人来的很多，失去了海滨上的清静。美而不静便至少失去一半的美。最使我看不惯的是那些喝醉的外国水兵与差不多是裸体的，而没有曲线美的妓女。秋天，游人都走开，这地方反倒更可爱些。

不过，秋天一定要住北平。天堂是什么样子，我不晓得，但是从我的生活经验去判断，北平之秋便是天堂。论天气，

不冷不热。论吃食，苹果，梨，柿，枣，葡萄，都每样有若干种。至于北平特产的小白梨与大白海棠，恐怕就是乐园中的禁果吧，连亚当与夏娃见了，也必滴下口水来！果子而外，羊肉正肥，高粱红的螃蟹刚好下市，而良乡的栗子也香闻十里。论花草，菊花种类之多，花式之奇，可以甲天下。西山有红叶可见，北海可以划船——虽然荷花已残，荷叶可还有一片清香。衣食住行，在北平的秋天，是没有一项不使人满意的。即使没有余钱买菊吃蟹，一两毛钱还可以爆二两羊肉，弄一小壶佛手露啊！

　　冬天，我还没有打好主意，香港很暖和，适于我这贫血怕冷的人去住，但是"洋味"太重，我不高兴去。广州，我没有到过，无从判断。成都或者相当的合适，虽然并不怎样和暖，可是为了水仙，素心腊梅，各色的茶花，与红梅绿梅，仿佛就受一点寒冷，也颇值得去了。昆明的花也多，而且天气比成都好，可是旧书铺与精美而便宜的小吃食远不及成都的那么多，专看花而没有书读似乎也差点事。好吧，就暂时这么规定：冬天不住成都便住昆明吧。

　　在抗战中，我没能发了国难财。我想，抗战结束以后，我必能阔起来，唯一的原因是我是在这里说梦。既然阔起来，我就能在杭州，青城山，北平，成都，都盖起一所中式的小三合房，自己住三间，其余的留给友人们住。房后都有起码是二亩大的一个花园，种满了花草；住客有随便折花的，便毫不客气的赶出去。青岛与昆明也各建小房一所，作为候补住宅。各处的小宅，不管是什么材料盖成的，一律叫作"不会草堂"——在抗战中，开会开够了，所以永远"不会"。

那时候，飞机一定很方便，我想四季搬家也许不至于受多大苦处的。假若那时候飞机减价，一二百元就能买一架的话，我就自备一架，择黄道吉日慢慢的飞行。

原载1944年5月《民主世界》第二期

北京的春节

腊八粥,关东糖,除夕的饺子,都须先去供佛,而后人们再享用

按照北京的老规矩,过农历的新年(春节),差不多在腊月的初旬就开头了。"腊七腊八,冻死寒鸦",这是一年里最冷的时候。可是,到了严冬,不久便是春天,所以人们并不因为寒冷而减少过年与迎春的热情。在腊八那天,人家里,寺观里,都熬腊八粥。这种特制的粥是祭祖祭神的,可是细一想,它倒是农业社会的一种自傲的表现——这种粥是用所有的各种的米,各种的豆,与各种的干果(杏仁、核桃仁、瓜子、荔枝肉、桂圆肉、莲子、花生米、葡萄干、菱角米……)熬成的。这不是粥,而是小型的农产展览会。

腊八这天还要泡腊八蒜。把蒜瓣在这天放到高醋里,封

起来，为过年吃饺子用的。到年底，蒜泡得色如翡翠，而醋也有了些辣味，色味双美，使人要多吃几个饺子。在北京，过年时，家家吃饺子。

从腊八起，铺户中就加紧的上年货，街上加多了货摊子——卖春联的、卖年画的、卖蜜供的、卖水仙花的等等都是只在这一季节才会出现的。这些赶年的摊子都叫儿童们的心跳得特别快一些。在胡同里，吆喝的声音也比平时更多更复杂起来，其中也有仅在腊月才出现的，像卖宪书的、松枝的、薏仁米的、年糕的等等。

在有皇帝的时候，学童们到腊月十九日就不上学了，放年假一月。儿童们准备过年，差不多第一件事是买杂拌儿。这是用各种干果（花生、胶枣、榛子、栗子等）与蜜饯搀和成的，普通的带皮，高级的没有皮——例如：普通的就用带皮的榛子，高级的用榛瓤儿。儿童们喜吃这些零七八碎，即使没有饺子吃，也必须买杂拌儿。他们的第二件大事是买爆竹，特别是男孩子们。恐怕第三件事才是买玩艺——风筝、空竹、口琴等——和年画。

儿童们忙乱，大人们也紧张。他们须预备过年吃的使的喝的一切。他们也必须给儿童赶快做新鞋新衣，好在新年时显出万象更新的气象。

二十三日过小年,差不多就是过新年的"彩排"。在旧社会里,这天晚上家家祭灶王,从一擦黑鞭炮就响起来,随着炮声把灶王的纸象焚化,美其名叫送灶王上天。在前几天,街上就有多少多少卖麦芽糖与江米糖的,糖形或为长方块或为大小瓜形。按旧日的说法:用糖粘住灶王的嘴,他到了天上就不会向玉皇报告家庭中的坏事了。现在,还有卖糖的,但是只由大家享用,并不再粘灶王的嘴了。

过了二十三,大家就更忙起来,新年眨眼就到了啊。在除夕以前,家家必须把春联贴好,必须大扫除一次,名曰扫房。必须把肉、鸡、鱼、青菜、年糕什么的都预备充足,至少足够吃用一个星期的——按老习惯,铺户多数关五天门,到正月初六才开张。假若不预备下几天的吃食,临时不容易补充。还有,旧社会里的老妈妈论,讲究在除夕把一切该切出来的东西都切出来,省得在正月初一到初五再动刀,动刀剪是不吉利的。这含有迷信的意思,不过它也表现了我们确是爱和平的人,在一岁之首连切菜刀都不愿动一动。

除夕真热闹。家家赶作年菜,到处是酒肉的香味。老少男女都穿起新衣,门外贴好红红的对联,屋里贴好各色的年画,哪一家都灯火通宵,不许间断,炮声日夜不绝。在外边作事的人,除非万不得已,必定赶回家来,吃团圆饭,祭祖。

这一夜，除了很小的孩子，没有什么人睡觉，而都要守岁。

元旦的光景与除夕截然不同：除夕，街上挤满了人；元旦，铺户都上着板子，门前堆着昨夜燃放的爆竹纸皮，全城都在休息。

男人们在午前就出动，到亲戚家，朋友家去拜年。女人们在家中接待客人。同时，城内城外有许多寺院开放，任人游览，小贩们在庙外摆摊、卖茶、食品和各种玩具。北城外的大钟寺、西城外的白云观、南城的火神庙（厂甸）是最有名的。可是，开庙最初的两三天，并不十分热闹，因为人们还正忙着彼此贺年，无暇及此。到了初五六，庙会开始风光起来，小孩们特别热心去逛，为的是到城外看看野景，可以骑毛驴，还能买到那些新年特有的玩具。白云观外的广场上有赛轿车赛马的；在老年间，据说还有赛骆驼的。这些比赛并不争取谁第一谁第二，而是在观众面前表演骡马与骑者的美好姿态与技能。

多数的铺户在初六开张，又放鞭炮，从天亮到清早，全城的炮声不绝。虽然开了张，可是除了卖吃食与其他重要日用品的铺子，大家并不很忙，铺中的伙计们还可以轮流着去逛庙、逛天桥和听戏。

元宵（汤圆）上市，新年的高潮到了——元宵节（从正月十三到十七)。除夕是热闹的,可是没有月光;元宵节呢,恰好是明月当空。元旦是体面的,家家门前贴着鲜红的春联,人们穿着新衣裳,可是它还不够美。元宵节,处处悬灯结彩,整条的大街像是办喜事,火炽而美丽。有名的老铺都要挂出几百盏灯来,有的一律是玻璃的,有的清一色是牛角的,有的都是纱灯;有的各形各色,有的通通彩绘全部《红楼梦》或《水浒传》故事。这,在当年,也就是一种广告;灯一悬起,任何人都可以进到铺中参观;晚间灯中都点上烛,观者就更多。这广告可不庸俗。干果店在灯节还要作一批杂拌儿生意,所以每每独出心裁的,制成各样的冰灯,或用麦苗作成一两条碧绿的长龙,把顾客招来。

除了悬灯,广场上还放花盒。在城隍庙里并且燃起火判,火舌由判官的泥像的口、耳、鼻、眼中伸吐出来。公园里放起天灯,像巨星似的飞到天空。

男男女女都出来踏月、看灯、看焰火;街上的人拥挤不动。在旧社会里,女人们轻易不出门,她们可以在灯节里得到些自由。

小孩子们买各种花炮燃放,即使不跑到街上去淘气,在家中也照样能有声有光的玩耍。家中也有灯:走马灯——原始的电影——宫灯、各形各色的纸灯,还有纱灯,里面有小铃，到时候就叮叮的响。大家还必须吃汤圆呀。这的确是美好快乐的日子。

一眨眼，到了残灯末庙，学生该去上学，大人又去照常作事，新年在正月十九结束了。腊月和正月，在农村社会里正是大家最闲在的时候，而猪牛羊等也正长成，所以大家要杀猪宰羊，酬劳一年的辛苦。过了灯节，天气转暖，大家就又去忙着干活了。北京虽是城市，可是它也跟着农村社会一齐过年，而且过得分外热闹。

在旧社会里，过年是与迷信分不开的。腊八粥，关东糖，除夕的饺子，都须先去供佛，而后人们再享用。除夕要接神；大年初二要祭财神，吃元宝汤（馄饨），而且有的人要到财神庙去借纸元宝，抢烧头股香。正月初八要给老人们顺星、祈寿。因此那时候最大的一笔浪费是买香蜡纸马的钱。现在，大家都不迷信了，也就省下这笔开销，用到有用的地方去。特别值得提到的是现在的儿童只快活的过年，而不受那迷信的熏染，他们只有快乐，而没有恐惧——怕神怕鬼。也许，现在过年没有以前那么热闹了，可是多么清醒健康呢。以前，人们过年是托神鬼的庇佑，现在是大家劳动终岁，大家也应当快乐的过年。

原载1951年1月《新观察》第二卷第二期

养花

送牛奶的同志,进门就夸"好香"!

我爱花,所以也爱养花。我可还没成为养花专家,因为没有工夫去作研究与试验。我只把养花当作生活中的一种乐趣,花开得大小好坏都不计较,只要开花,我就高兴。在我的小院中,到夏天,满是花草,小猫们只好上房去玩耍,地上没有它们的运动场。

花虽多,但无奇花异草。珍贵的花草不易养活,看着一棵好花生病欲死是件难过的事。我不愿时时落泪。北京的气候,对养花来说,不算很好。冬天冷,春天多风,夏天不是干旱就是大雨倾盆;秋天最好,可是忽然会闹霜冻。在这种气候里,想把南方的好花养活,我还没有那么大的本事。因此，我只养些好种易活、自己会奋斗的花草。

不过，尽管花草自己会奋斗，我若置之不理，任其自生自灭，它们多数还是会死了的。我得天天照管它们，像好朋友似的关切它们。一来二去，我摸着一些门道：有的喜阴，就别放在太阳地里，有的喜干，就别多浇水。这是个乐趣，摸住门道，花草养活了，而且三年五载老活着、开花，多么有意思呀！不是乱吹，这就是知识呀！多得些知识，一定不是坏事。

我不是有腿病吗，不但不利于行，也不利于久坐。我不知道花草们受我的照顾，感谢我不感谢；我可得感谢它们。在我工作的时候，我总是写了几十个字，就到院中去看看，浇浇这棵，搬搬那盆，然后回到屋中再写一点，然后再出去，如此循环，把脑力劳动与体力劳动结合到一起，有益身心，胜于吃药。要是赶上狂风暴雨或天气突变哪，就得全家动员，抢救花草，十分紧张。几百盆花，都要很快地抢到屋里去，使人腰酸腿疼，热汗直流。第二天，天气好转，又得把花都搬出去，就又一次腰酸腿疼，热汗直流。可是，这多么有意思呀！不劳动，连棵花也养不活，这难道不是真理么？

送牛奶的同志，进门就夸"好香"！这使我们全家都感到骄傲。赶到昙花开放的时候，约几位朋友来看看，更有秉烛

夜游的神气——昙花总在夜里放蕊。花分根了，一棵分为数棵，就赠给朋友们一些；看着友人拿走自己的劳动果实，心里自然特别喜欢。

当然，也有伤心的时候，今年夏天就有这么一回。三百株菊秧还在地上（没到移入盆中的时候），下了暴雨。邻家的墙倒了下来，菊秧被砸死者约三十多种，一百多棵！全家都几天没有笑容！

有喜有忧，有笑有泪，有花有实，有香有色，既须劳动，又长见识，这就是养花的乐趣。

原载1956年10月21日《文汇报》

猫

或是在你写稿子的时候,跳上桌来,在纸上踩印几朵小梅花

猫的性格实在有些古怪。说它老实吧,它的确有时候很乖。它会找个暖和地方,成天睡大觉,无忧无虑。什么事也不过问。可是,赶到它决定要出去玩玩,就会走出一天一夜,任凭谁怎么呼唤,它也不肯回来。说它贪玩吧,的确是呀,要不怎么会一天一夜不回家呢?可是,及至它听到点老鼠的响动啊,它又多么尽职,闭息凝视,一连就是几个钟头,非把老鼠等出来不拉倒!

它要是高兴,能比谁都温柔可亲:用身子蹭你的腿,把脖伸出来要求给抓痒,或是在你写稿子的时候,跳上桌来,在纸上踩印几朵小梅花。它还会丰富多腔地叫唤,长短不同,

我家有猫名白象
每日三长叹：唉
五子争乳吾遑让

作者：丰子恺。原收入《护生画集》第3集
（上海大法轮书局1950年2月初版）。

粗细各异，变化多端，力避单调。在不叫的时候，它还会咕噜咕噜地给自己解闷。这可都凭它的高兴。它若是不高兴啊，无论谁说多少好话，它一声也不出，连半个小梅花也不肯印在稿纸上！它倔强得很！

是，猫的确是倔强。看吧，大马戏团里什么狮子、老虎、大象、狗熊，甚至于笨驴，都能表演一些玩艺，可是谁见过耍猫呢？（昨天才听说：苏联的某马戏团里确有耍猫的，我当然还没亲眼见过。）

这种小动物确是古怪。不管你多么善待它，它也不肯跟着你上街去逛逛。它什么都怕，总想藏起来。可是它又那么勇猛，不要说见着小虫和老鼠，就是遇上蛇也敢斗一斗。它的嘴往往被蜂或蝎子螫的肿起来。

赶到猫们一讲起恋爱来，那就闹得一条街的人们都不能安睡。它们的叫声是那么尖锐刺耳，使人觉得世界上若是没有猫啊，一定会更平静一些。

可是，及至女猫生下两三个棉花团似的小猫啊，你又不恨它了。它是那么尽责地看护儿女，连上房兜兜风也不肯去了。

郎猫可不那么负责，它丝毫不关心儿女。它或睡大觉，或上屋去乱叫，有机会就和邻居们打一架，身上的毛滚成了

毡，满脸横七竖八都是伤痕，看起来实在不大体面。好在它没有照镜子的习惯，依然昂首阔步，大喊大叫，它匆忙地吃两口东西，就又去挑战开打。有时候，它两天两夜不回家，可是当你以为它可能已经远走高飞了，它却瘸着腿大败而归，直入厨房要东西吃。

过了满月的小猫们真是可爱，腿脚还不甚稳，可是已经学会淘气。妈妈的尾巴，一根鸡毛，都是它们的好玩具，耍上没结没完。一玩起来，它们不知要摔多少跟头，但是跌倒即马上起来，再跑再跌。它们的头撞在门上，桌腿上，和彼此的头上。撞疼了也不哭。

它们的胆子越来越大，逐渐开辟新的游戏场所。它们到院子里来了。院中的花草可遭了殃。它们在花盆里摔跤，抱着花枝打秋千，所过之处，枝折花落。你不肯责打它们，它们是那么生气勃勃，天真可爱呀。可是，你也爱花。这个矛盾就不易处理。

现在，还有新的问题呢：老鼠已差不多都被消灭了，猫还有什么用处呢？而且，猫既吃不着老鼠，就会想办法去偷捉鸡雏或小鸭什么的开开斋。这难道不是问题么？

在我的朋友里颇有些位爱猫的。不知他们注意到这些问题没有？记得二十年前在重庆住着的时候，那里的猫很珍贵，须花钱去买。在当时，那里的老鼠是那么猖狂，小猫反倒须放在笼子里养着，以免被老鼠吃掉。据说，目前在重庆已很不容易见到老鼠。那么，那里的猫呢？是不是已经不放在笼子里，还是根本不养猫了呢？这须打听一下，以备参考。

也记得三十年前，在一艘法国轮船上，我吃过一次猫肉。事前，我并不知道那是什么肉，因为不识法文，看不懂菜单。猫肉并不难吃，虽不甚香美，可也没什么怪味道。是不是该把猫都送往法国轮船上去呢？我很难作出决定。

猫的地位的确降低了，而且发生了些小问题。可是，我并不为猫的命运多耽什么心思。想想看吧，要不是灭鼠运动得到了很大的成功，消除了巨害，猫的威风怎会减少了呢？两相比较，灭鼠比爱猫更重要的多，不是吗？我想，世界上总会有那么一天，一切都机械化了，不是连驴马也会有点问题吗？可是，谁能因耽忧驴马没有事作而放弃了机械化呢？

原载1959年8月《新观察》第十六期

勤俭持家

按照我们的胡同那时候的舆论说：大吃大喝是败家的征兆

在旧日的北京，人们清晨相遇，不互道早安，而问"您喝了茶啦？"这有个原因：那时候，绝大多数的人家每日只吃两顿饭。清晨，都只喝茶。上午九十点钟吃早饭，下午四五点钟吃晚饭，大家都早睡早起。

老北京里并非没有花天酒地、骄奢淫逸的生活。不过，那只限于富贵之家；一般市民是有勤俭持家的好传统的。当人们表扬一个好媳妇的时候，总夸她"会过日子"。会过日子即是会勤俭持家。

在我还是个孩子的时候，我们的小胡同里，住着赤贫的人家，也住着中等人家。即使是中等人家，对吃饭馆这件事也十分生疏。按照我们的胡同那时候的舆论说：大吃大喝是败家的征兆。

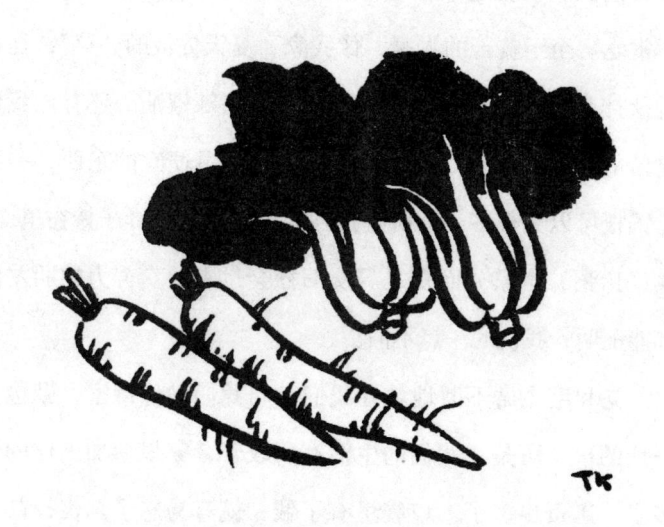

作者：丰子恺。原收入《毛笔画册》（上海万叶书店1946年10月初版）。

是的，我们都每日只进两餐，每餐只有一样菜——冬天主要的是白菜、萝卜；夏天是茄子、扁豆。饺子和打卤面是节日的饭食。在老京剧里，丑角往往以打卤面逗笑，足证并不常吃。至于贫苦的人家，像我家，夏天佐饭的"菜"，往往是盐拌小葱，冬天是腌白菜帮子，放点辣椒油。还有比我们更苦的，他们经常以酸豆汁度日。它是最便宜的东西，一两个铜板可以买很多。把所能找到的一点粮或菜叶子掺在里面，熬成稀粥，全家分而食之。从旧社会过来的卖苦力的朋友们都能证明，我说的一点不假！

党和毛主席不断地教导我们，叫我们勤俭持家，勤俭办一切的事。可是，我们的生活有所改善，家里参加工作的人多了，工资也多了。口袋里有了钱，就容易忘了勤俭，甚至连往日喝酸豆汁度日的苦楚也忘了！勤俭持家的好传统万万忘不得！

原载1961年2月12日《北京晚报》

可喜的寂寞

当他们得到了答案的时候,他们便高兴得又跳又唱,觉得已拿到打开宇宙秘密的一把小钥匙

　　既可喜,却又寂寞,有点自相矛盾。别着急,略加解释,便会统一起来。

　　近来呀,每到星期日,我就又高兴,又有点寂寞。高兴的是:儿女们都从学校、机关回家来看看,还带着他们的男女朋友,真是热闹。听吧,各屋里的笑声、辩论声,都连续不断,声震屋瓦,连我们的大猫都找不到安睡懒觉的地方,只好跑到房上去呆坐。虽然这么热闹,我却很寂寞。他们所讨论的,我插不上嘴;默坐旁听,又听不懂!

　　我的文艺知识不很丰富,可是几十年来总以写作为业,按说对儿女们应该有些影响。事实并不如此。他们都不学文

艺，虽然他们也爱看小说、话剧、电影什么的。他们，连他们带来的男女朋友，都学科学。我家最小的那个梳两条小辫的娃娃，刚考入大学，又是学物理！这群小科学家们凑到一处，连说笑似乎都带点什么科学味道，我听不懂。

他们也并不光说笑、争辩。有时候，他们安静下来：哥哥帮助妹妹算数学上的难题，或几个人都默默地思索着一个什么科学上的道理。在这种时候，我看得出来，他们的深思苦虑和诗人的呕尽心血并没有什么不同。我可也看到，当诗人实在找不到最好的字的时候，他也只好暂且将就用个次好的字，而小科学家们可不能这么办，他们必须找到那个最正确的答案，差一点点也不行。当他们得到了答案的时候，他们便高兴得又跳又唱，觉得已拿到打开宇宙秘密的一把小钥匙。

我看到了一种新的精神。是，从他们决定投考哪个学校，要选修哪门科学的时候起，我就不断地听到"尖端"、"发明"和"革新"等等悦耳的字眼儿。因此，我没有参加意见，更不肯阻拦他们。他们是那么热烈地讨论着，那么努力预备考试，我还有什么可说的呢！我看出来，是那个新精神支配着他们，鼓舞着他们，我无权阻拦他们。

他们的选择不是为名为利，而是要下决心去埋头苦干。

是，从他们怎么预备功课和怎么制订工作计划，我就看出：他们所选择的道路并不是容易走的。他们有勇气与决心去翻山越岭，攀登高峰。他们的选择不仅出于个人的嗜爱，而也是政治热情的表现——现在是原子时代，而我们的科学技术还有些落后，必须急起直追。想建设一个有现代工业、农业与文化的国家，非有现代科学技术不可！我不能因为自己喜爱文艺而阻拦儿女们去学科学。建设伟大的祖国，自力更生，必须闯过科学技术关口。儿女们，在党的教育培养下，不但看明此理，而且决心去作闯关的人。这是多么可喜的事啊！是呀，且不说别的，只说改良一个麦种，或制造一种尼龙袜子，就需要多少科学研究与试验啊！科学不发达，现代化就无从说起。

我们的老农有很多宝贵的农业知识与经验，但专凭这些知识与经验而无现代的科学技术，便难以应付农业现代化的要求。我们的手工业有悠久的传统和许多世代相传的窍门，但也须进一步提高到科学理论上去，才能发展、提高。重工业和新兴的工业更用不着说，没有现代的科学技术，寸步难行。小科学家们，你们的责任有多么重大呀！

于是，我的星期日的寂寞便是可喜的了。我不能摹仿大猫，听不懂就跑上房去。我默默地听着小将们的谈论，而且

想到：我若是也懂点科学，够多么好！写些科学小品，或以发明创造为内容的小说，够多么新颖，多么富有教育性啊。若是能把青年一代这种热爱科学的新精神写出来，不就更好吗？是呀，我们大概还缺乏这样的作品。我希望这样的作品不久就会出现。这应当是文艺创作的一个新的重要题材。

原载1963年1月1日《北京晚报》